囚われの狼と初恋の鎖

榊 花月

幻冬舎ルチル文庫

CONTENTS ✦目次✦

囚われの狼と初恋の鎖

囚われの狼と初恋の鎖……5
狼は迷わない……247
あとがき……254

✦カバーデザイン＝久保宏夏（omochi design）
✦ブックデザイン＝まるか工房

イラスト・鈴倉　温✦

囚われの狼と初恋の鎖

森の奥へ、一人で入ってはいけない。

約束を守らなかった自分を、これほど後悔したことはなかった。

おじさんは、いつもは庭の芝を刈ったり、簡単な補修作業をしたり、口数は少ないが身体《からだ》はよく動く人だ。たぶんお父さんより年上だけど、お父さんよりずっと気さくで優しい。掃除や、ご飯の支度をしてくれるおばさんは、お母さんよりずっと別荘の子どもたちに気を配ってくれる。

その二人から、あれほど注意されていたのに、どうして自分はそれをあっさり破ってしまったのだろう。

七歳の斎京《さいきょう》瑠加《るか》は、森の中を文字通り迷走していた。足を踏み入れたときには、振り返りながら経路を確認していたが、今はそれどころではない。

昨日の雨で、地面はぬかるんでいる。瑠加が走るたび、ぬちゃぬちゃと嫌な音がした。

だがそれよりも、問題は、背後に迫ってくる足音——瑠加のそれよりもずっと軽やかでスピーディな足音と、激しい獣の息遣いだった。

野犬。

森の中には、さまざまな危険が潜んでいる。イノシシやクマこそいないけれど、人《ヒト》に害をなす昆虫や、野良犬。

特に犬は、狂犬病の予防接種を受けていない野生の可能性が高い。小さな子どもなら、嚙《か》まれると危ない――。

キョウケンビョウの具体的な内容までは知らない。病、というぐらいだから怖い病気なんだろう。だけど、いまどきキョウケンビョウの犬なんていないでしょうと、お母さんはそう言って笑った。お母さんの言うことなんて、ふだんあんまり真に受けたりしないのに、どうして今はそれが真実に違いないと思えるんだろう。いや、真実ならいいのだけれど。

黒い大きな犬だった。その姿に出くわしたとき、真っ先に瑠加の頭に浮かんだのはキョウケンビョウのことだった。

だから、すぐに踵《きびす》を返して逃げたのに、あいつは追いかけてきた。唸《うな》りを上げ、いっさんに瑠加を狙《ねら》って。

嚙まれてはならない。そのことだけが胸にある。瑠加の足は、いつもよりきっと速い。今なら、運動会の徒競走できっと一着をとれるだろう。

それなのに、あいつは自分より速いんだ。

瑠加にはわかる。逃げ切ることはできないと。もうじきあいつが追いつくだろう。鋭い爪《つめ》を瑠加の背中に立て、尖《とが》った牙《きば》でがぶりと喉《のど》に食らいつく――鮮血が迸《ほとばし》って……キョウケンビョウ。

背筋が寒くなった。悪夢だ。いや、夢ならどんなにいいことか。だけど、背中に感じる狂った息遣いはとうてい夢の中のものではない。どう考えても、自分の身に現在降りかかっている災厄。

もう追いつかれる――今しも野犬は跳び上がり、瑠加をその爪の下に捕《とら》える――逃げるなんて、絶対に不可能だった……。

そのとき、誰かの叫ぶ声がした。

――伏せろ！

同時に、横合いの小道から黒い塊が転がり出た。

子ども――。

といっても、瑠加よりもずっと大きい。見覚えがあるような気がする。森の中の安全な散歩道で、時たますれ違ったことがある……あるいは、駅前の商店街で、だろうか。

身体が大きく、意思の強そうな目をした子だった。ずいぶん大人っぽい……その子が、今、敏捷《びんしょう》な動きで瑠加に向かって走ってくる。

――伏せろ！

瑠加は反射的に、その場にうつ伏せた。たちまちひやりとした感触がして、泥が服に沁《し》みこんでくるが、しかたがない。

うおおおぉん。

獣の咆哮《ほうこう》が、深く暗い森にこだまする。ずさっと、なにかがぶつかりあうような鈍い音。

頭を抱えこんでいた瑠加が面《おもて》を上げたとき、目に入ったのは、子どもに食らいつく大きな黒い犬、半袖《はんそで》のTシャツの胸を染める血、その赤い赤い赤い色だった。

1

ホテルのバンケットルームに、さざ波のような話し声や忍び笑い、グラスと皿の触れ合う音が広がっている。

寄せては返すそれらの間をくぐり抜け、斎京瑠加は人気のない壁際に辿《たど》りついた。顔見知りの女流作家と編集者のペアに捕まって、心にもない社交辞令をひとしきりかわした後のことだった。

ベテランのエッセイストが、はじめて小説を上梓《じょうし》した。その、出版記念パーティである。翻訳家、とはとても恥ずかしくて名乗れないぺーぺーながら、同じ編集者が担当しているということで、瑠加にも招待状が舞いこんだのだ。

こういう場は苦手だ——子どもの頃からパーティと名のつく集まりが得意ではなく、今の仕事の関係上、断われなくて顔を出すが、結局はそれを確認するためにわざわざ足を運んでいるだけであるような気がしてならない。つまり、こんなことはキャリアを積む上でなんの意味ももたらさない……。

だが、そもそも自分に本気で「キャリアを積む」つもりがあるのかどうかと考えると、そんなおこがましいことはとても人には言えない。去年、大学を卒業したが、就職はしていない。就職のための活動すらしなかった。親も友人たちも、そのことに特に苦言を呈したり、疑問を口にすることはなかった。要するに、斎京瑠加とはそういう人間なのだ。そう見られていたんだと思った。悔しいとは感じない。むしろ、開き直るような気持ちがあった。定職には就いてませんが、なにか？

それでもなんとなく後ろめたくて、翻訳のことを「仕事」と言うようにした。あくまで、誰かに訊《き》かれた際の、ていのいい方便として。お仕事は？　細々とですが、翻訳をやっています。

だからだろうか、まがりなりにも出版界の末席に連なるようになっても、ちゃんとした仕事をしているという気はしなかった。学生時代からかじっていたアルバイトだったせいもある。アルバイトといっても、ほんの小遣い程度、それこそカフェのオープンテラスで半日も粘っているだけで消えてしまうような額の稼ぎしかなかったけれど。

今はさすがに、それを上回る収入を得ている。といっても、二十三歳の成人した男子一人の暮しを支えるにははるかに足りない。実家住まいで、家賃も食費も……服飾代や、なんだったら交際費まで親がかりといって差し支えのない瑠加だから、やっていけているというだけのことだ。

中途半端な立場である。自分でもそう思う。これで身を立てようとか、下っ端の仕事に見切りをつけて、一念発起、きちんとどこかの組織に就職して、などという考えにはいたらない、自分の惰弱さがときおり瑠加の胸を塞《ふさ》ぐこともある。しかし深くは考えない。どうせ考えはじめたところで、途中でめんどうになって投げだしてしまう程度の自己嫌悪であり悩みなのだ。そんなもの、普通の人間からすればふざけているとしか思えないだろうし、そもそも無意味だし。

「あ、いたいた。もう、なに隅っこにいるんですか、ルカさん」

壁に張りついて、歓談の模様を見学している瑠加の名を、突然呼ぶ者がいた。

今夜のパーティを主催している、出版社の担当編集者だった。

「どうも、今日はお招きいただきまして――」

背を壁から浮かせ、挨拶《あいさつ》しかかった瑠加を、「いやいや、そんなのはいいですから」と途中で遮る。笹沢《ささざわ》というその編集者は、たしか今年で入社四年目。瑠加を担当するようになってからはまだ一年ちょっとだろうか。いつも打ち合わせのときはノーネクタイ、時にはTシャツの上にシャツを重ねた浪人生みたいなラフな服装をしているが、場が場のせいか、きちんとスーツに身を包んでいた。

若くて潑剌《はつらつ》としているのはいいが、ちょっとせっかちなところがあって、結論を出さないまま「じゃ、そういうことで」と話を切り上げようとする男だ。直接顔を突き合わせているときならまだしも、電話でそれをやられると、正直困る。

今も、とにかく先に言っておきたいことがある、という様子だった。瑠加の背中は、おぼえず緊張をまとう。

「ご紹介したい方がおられるんですよ、どうぞこちらへ」

予想していたのとは少し違うが、瑠加にとって、内心ため息をつかずにはおられないような話だ。だいたい、今夜の主役であるエッセイスト——これからはミステリー作家と呼ばれることになるのか——の、笹沢は担当編集者でもある。放っておいていいのだろうか。

しかし、頭の中に疑問を渦巻かせながらも、瑠加は従う。大きな集まりではないとはいえ、目的地までに多数の見知らぬ出席者の前を通り過ぎなければならないのは、パーティの大小に限らず、よくある試練だ。

大勢の、遠慮のない視線。

「斎京さんをお連れしましたよ」

笹沢が瑠加を伴って向かったのは、鴇田正彦《ときたまさひこ》……くだんのエッセイストを中心とした輪の中だった。鴇田を囲み、男二人、女三人という六人編成。瑠加が心配するほどのことでもなかった。笹沢は鴇田にべったりで、おそらく鴇田のリクエストに応じる形で瑠加を引きあわせたのだろう。

誰が鴇田なのかは、名札を見なくても瑠加にはわかった。なにしろ有名人だ。テレビにも、時々出ているのを見かける。その、一方的におなじみの顔が、瑠加のほうを捕えた。

「どうも、鴇田です」

「斎京です……本日は、どうもおめでとうございます」

一揖《いちゆう》して面を上げると、鴇田はまだこちらを見ていた。鴇田だけではない。六人全員が、瑠加に視線を注いでいる。遠慮のない視線。

背中が今度は、さわさわと冷たくなった。笹沢は、そんな瑠加の様子に気づきもしないのか、

「どうですか先生、なかなか稀《まれ》な感じでしょう?」

なぜか、鴇田正彦に対して瑠加を売りこむような調子で言う。初めてではない、こういう扱いは。しかし、またあれかという思いに、瑠加は暗澹《あんたん》となる。これまでに経てきた、似たような場面が忙しく頭の中のスクリーンで再生されはじめた。

「なかなかなんて、失礼よお」

鴇田の右側に陣取った、赤いドレスの女が、突然けたたましい笑い声を上げげた。

「生まれて初めて見た! 私史上、最高にきれいな男の子!」

まだ陽のある時間帯からのパーティなのに、肩も背中も剝《む》き出しで、生地から肉が微妙にはみ出している。サイズの合わないドレス、というだけで瑠加の中では無理だ。なにが無理なのかはわからないまま、「無理」とだけ思う。

だが、それで堰《せき》が切れでもしたかのように、そこからは六人が競い合うようにして瑠加を褒めちぎる。瑠加は小柄なほうではないが、まるで高い壁に囲まれたみたいに身動きできな

い。笹沢を横目に睨《にら》んだ。満足した猫みたいに水割りのグラスを舐《な》めている様子を見て、手にしたままのワイングラスをぶつけてやりたい衝動に駆られた。

「斎京さんも、テレビとかお出になればいいのにぃ」

赤いドレスの女は、イラストレーターだった。年齢は、瑠加より十以上は確実に上だろう。それが、軽薄極まりない言葉つきで勧め、

「人気出るよぉ、きっと」

もう少し接近していたら、肩でも叩きかねない勢いだ。瑠加は、心持ち一歩後ろへ下がった。捕まって、たちまちのうちに囲まれて、言われることといえば、くだらなくも浅はかな強要か。胸にどす黒い思いが生まれる。

容姿を売り物にして食っていくつもりなら、最初からそうしている。

「いやいや。僕なんか、テレビに出るっていったって、肩書もないですし」

だが瑠加は、口許《くちもと》に微笑《ほほえ》みを湛《たた》えた表情をキープしながら、口先だけは謙虚に聞こえるように手を振る。

「やだ、かわいい」

「あの、斎京さん。肩書は翻訳業だということは、文章書くのは馴《な》れていらっしゃいますよね？　今度なにか、軽いものでもうちで――」

鴇田の左側にいた、他社の編集者だという男がジャケットの内ポケットに手をつっこむ。

予想通り、名刺が出てきた。他の五人も、同じような動作をはじめた。

「すみません、ほんとに細々とやってるので、名刺も作ってないんですよ」

受け取るだけは受け取ったが、瑠加はろくに見もしないまま、帰宅後すぐファイルに放りこむ予定だ。笹沢だけがあわてたように、

「ちょ、それは困りますよ、ルカさんが世に打って出るときは、まずは我が青樹《あおき》書店からっていうのが仁義じゃないですか！」

と、他社の編集者を牽制《けんせい》していた。馬鹿みたいだと、瑠加は思う。

「そんな才能ありませんから」

「またまた、ご謙遜《けんそん》を」

「いや本当に、道楽でやっているだけですので」

通りいっぺんの社交辞令を交わし、「ではご連絡先をぜひ」と誰かが言い出す前に、瑠加はその場を離れた。

とたんに、身体のあちこちから憤懣《ふんまん》が噴き出す。いつだってそうだ、ひとの外側しか問題にせず、ありきたりな賞讃《しょうさん》の声とともに心ゆくまで楽しんだら、そこで用済み。

そんなものには馴れているはずなのに、いちいち腹立たしいということは、自分はひとの知らない外見以外の魅力を持っているとでも自負しているのだろうか。うわべだけでなく、中身のほうがもっといいんです！　……いかれている。そんなもの、持っていない。持って

いたら、顔はサングラスででも蔽《おお》って、そちらを顕示する。

それはもう、子どもの頃から、瑠加の中で燻《くすぶ》り続けてきた不満であり、世の中に対する苦情だった。

いや、ほんの幼い頃なら、まだよかった。愛らしさは、子どもになら誰にでもあって、子どもだというだけで、たいていの者は褒められる特権を有している。ルカちゃんだけずるーい、などと言われはじめたのは、小学校に上がってからだっただろうか。

小学校の……と考えたとき、条件反射みたいにして、瑠加の頭の中にある場面が浮かぶ。

森の中。虫すら鳴かない、深い森。草いきれと泥の匂い。交錯する枝の間から見えた、遠すぎる空。

そんなはずがないのに、それらはすべてモノトーンの光景として瑠加の記憶にしまいこまれている。黒い地面に、黒い幹。灰色の空。

色のない場面に、突如として散る、赤い飛沫《しぶき》――。

バンケットルームのドアの前で、瑠加は一瞬目を閉じた。

次にはすたすたとエスカレーターに向かい、あっというまにロビー階に上がってくる。

フロントを通り過ぎ、そのまま外に出た。日は暮れ、濃い藍色《あいいろ》の帳《とばり》がホテル前の石畳に降りていた。

車寄せのところに、見馴れた長身の人影を認める。黒っぽいスーツのポケットに右手をつっこみ、左手はタバコを持っている。そこが喫煙所だったと、瑠加は思い出した。

しばしその場にとどまって、少し先にある横顔を眺める。ムースも整髪剤もつけない、洗ったままのような短い髪、シャープな輪郭。その頬《ほお》の辺りから、煙がゆっくりと上っていった。藍色の夜に、ふいと溶けた。

ひとつ息をついて、瑠加はまた迷いのない足取りで喫煙所に近づいていく。こちらに気がついた。横顔が正面を向く。濃い眉《まゆ》の下の鋭い光を放つ眸《ひとみ》が、瑠加を捕える。

「思ったより早かった」

眸の強さを裏切るかのような、感動のない調子で、相楽森哉《さがらしんや》はそう言った。


ホテルのネオンがよほど遠くなってから、瑠加はわかりやすく嘆息した。

「――疲れたのか」

ルームミラーに映る相楽の顔は、やはり感情を顕《あらわ》していない。そんなことに、いまさら傷ついたりはしない。瑠加は、もう一つ、今度は小さなため息をついて、

「疲れてないわけがないだろう」

言いはじめたら、あとは自動的に言葉が溢《あふ》れ出た。だいたい、なんで担当編集者が同じだからってだけの理由で、なんの恩も義理もないエッセイストだかの出版記念パーティなんて

のに出向かなきゃいけないんだ。ミステリーだかなんだか知らないが、関係ないって。俺、あいつの書いた文章なんてほとんど読んだこともないのに、顔は愛想笑いしながら「おめでとうございます」とか、ありえない――。

おまけに、動物園の檻《おり》の中にいる珍しい動物でも見るような目でじろじろ見られて、減るもんじゃなしってあいつらは言うかもしれないけど、減るんだよ。確実に、俺の中でなにかが擦り切れていくんだよ、と、続く部分を、すっと瑠加は呑《の》みこんだ。二十三歳にもなって、他人からは観賞用扱いを受け――というか、それ以外では意味のない存在として消費されるなど、たとえ事実でも、相楽にだって言いたくない。それ以外の価値を、二十年以上かかってもまだ獲得していない……現実が取り消せないのであれば、せめてそれを気に病んでもいないと見られたい。おそらく、そういう自分の心は捩《よ》じれているのだろう。すくなくとも、素直ではない。

見た目同様、中身も天使のように無垢《むく》だったら、どんなによかったことだろう。

気がつくと、相楽がミラー越しにこちらを見つめていた。

「な、なんだよ。ちゃんと前向いて運転しろよ」

ぶっきらぼうに言いかかったのを、

「ボックスの中に、飲み物が入ってるから」

それだけ告げて、視線を逸《そ》らした。は、とまぬけな声で返し、瑠加は運転席と助手席の間にあるコンソールボックスを見つめる。気勢を削《そ》がれたままに、バックシートから手を伸ばした。

「なんだ、ビールもないのか」

つい憎まれ口を叩く。特別仕様のクーラーボックスになっているそこには、缶ジュースやペットボトルが入っていたが、いずれもソフトドリンクだ。

「もうじゅうぶんに呑んできただろうと思って」

ルームミラー越しの目が、ふっと微笑む。

心臓が小さく跳ねた。瑠加は思わず目を瞠《みは》る。すぐにもう、元の穏やかだが色のない顔に、相楽は戻っていた。

「コンビニにでも寄るか？」

「……いいよ、そこまでは」

結局、オレンジジュースの缶を選び、瑠加は背凭《せもた》れによりかかりながら、プルタブを押し開ける。

呑み足りない気がしているのもたしかだが、乾杯のシャンパンから立て続けに呷《あお》ったワインの量は、いささか多過ぎたかもしれない。冷えたオレンジジュースが喉を滑り落ちていくのを感じると、火照っていた頭まで一本筋が通ったように涼しくなった。

相楽はまっすぐ前を見たまま、もう話しかけてくるでもない。もともと、口数の多い男ではない——子どもの頃から、そうだった。おとなしい、というよりは無駄口を叩かないタイプ。実のところ、アルコールが入ろうが入るまいが、絶えず周囲や世の中全体に対して悪態をついている自分のような不平屋とは全然違う、と思う。

もっとも、瑠加のその悪態にしたって、実際音声になって発せられるわけではない。あくまで、頭の中では、という話。しかし、今日みたいに呑んでいて、さらに車の中で相楽と二人きり、などというシチュエーションではつい、口が軽くなってしまう。

——こんなチャンス、あんまりないんだけどな……。

パーティや、そこに集った有象無象のことなど、ほんとうはどうでもよかった。見せ物にされてむかついたのはほんとうだが、そんなものには馴れているといえばそうだ。見せ物にしかなれない己の価値も自覚している。

ただ、迎えにきたのが相楽だから、邪魔をする者もないから、気がねなくなんでも喋《しゃべ》っていいから——で、軽くなる。

馬鹿みたいだな。自嘲《じちょう》がこみ上げてきた。気がねしていないのは自分だけで、相楽にとっては、業務の延長上にすぎず、無駄話に乗る気はないのだろう——あるいは、瑠加のくだらない愚痴なんて、乗る価値を感じないのかもしれない。

空回っている自分を見つけるたび、胸を重い塊が塞ぐ。それは、自虐と罪悪感のまざった、複雑な思いである。

——ほんとうは、こんな仕事したくないんじゃないのか？　おまえ……。

相楽はほんらい、瑠加の父親の運転手だ。この車も、父親の送迎用である。

今晩、瑠加を迎えにきたのは、時間外勤務ということになる。

だが、そのほんらいの業務じたいが本意ではないのでは、と瑠加は時々、想像してみる。

自分がもし、相楽の立場だったら……その先は、怖くて考えたくない。

バックシートの葛藤《かっとう》など、きっと相楽には伝わっていなくて、淡々とただ家路をたどっているだけだろう。その内側にあるものが、不平や不満でないという保証はないが。

嫌なら、迎えになんてこなければいいんだ。

重すぎる疑問をもてあまし、瑠加は心の中で相楽自身に悪態をついてみる。

だが、ルームミラーから目を転じ、相楽の左腕……今は上着を脱いで、ワイシャツ姿の袖に目がいくと、もう悪態どころではなくなる。動悸《どうき》が速くなっていく。

瑠加は視線を逸らし、車窓を見た。夜の街が、幻のように過ぎていく。

またジュースに口をつけた。ふと、思いついて、

「おまえ、今夜はうちのほうか？」

訊《たず》ねると、ルームミラーの中でひさしぶりに目が合った。

相楽の眸が、わずかに微笑んだ気がして、瑠加はぎこちなくまた窓のほうを見る。

「ああ、離れにいる」

「そう」

なにか言いたかったわけではない。相楽が、斎京家の使用人として与えられた部屋のほかに、どこかの部屋を借りているのを知っている。確認しただけだ。確認といっても、たとえば「今日はアパートのほうに」と返ってきたって、「そうか」と答えるしかないのだが。

その、外のほうの部屋を見てみたい、などと願えば、相楽を困らせるだけだとわかっている。だから瑠加も、それきり口を噤《つぐ》む。よけいなことを言わないために。


中庭の桜はもう、あらかた散ってしまった。

窓に向かって置かれたライティングデスクで、瑠加は顔を上げて外を見た。

デスクの上には、出版社からきた翻訳前の原稿と、開いた分厚い英和辞典。

翻訳の仕事をしているといっても、ネイティブならぬ瑠加には、一読しただけで完璧な訳語が出てくるわけもない。スラングには馴れたが、ときおり意味を摑《つか》みかねる構文も飛び出す。辞書を広げ、時にはインターネット検索に頼って的確な和文を組み立てることになる。

今請けているのは、今年の後半に発売されるビジネス書だ。専門用語が多くて困る。こんな足りない者が「翻訳家」などとは、恥ずかしくてとうてい名乗れない。

組んだ手の甲に顎《あご》を乗せ、ところどころに残った薄紅色の花を眺める。目を休める、というよりは、あまり集中できていない状態だ。

ふいにノックの音がした。瑠加は振り返る。

応答もないうちからがちゃりとノブを回すのは、三歳下の弟ぐらいのものだ。

案の定、

「ルカいるー？　あ、いた」

部屋に入ってきたのは弟の理以《りい》だった。大学三年生になったばかりで、講義のない時間でも在宅しているのは珍しい。

「――なに？」

瑠加は仕事のときだけかけているメガネを外し、デスクに置いた。振り返ると、理以は瑠加のベッドにどさりと腰を下ろしたところだ。この遠慮のなさが、理以の身上である。

「服、貸して。打ち合わせ用のスーツ、あったよね。あとシャツも」

「いいけど……あんまりいいものじゃないよ？」

テレビでさかんにコマーシャルが流れているような量販店のものではないが、それよりはやや上、という程度のメーカーのスーツだ。理以のワードローブのほうがよほど充実している。

「そういうやつのほうがいいんだ。質実剛健って感じの子だからさ。ゼニアとかグッチとか、まずいじゃん？」

なぜ、グレードの低いスーツが必要なのか、瑠加にも合点がいった。

「また合コン？」

「からの、初デート……なんだよ、またって。その、非難がましい目つき」

理以が口を尖らせるのを見て、瑠加はせばめていた眉を元に戻した。

「それにしても、珍しいな。おまえがそんなタイプをひっかけるとは」

「うわ、全体的に馬鹿にしてますね、お兄様？　ひとの恋路を」

「恋路って……まあ、そういうことなら、勝手に持ってっていいよ」

「サンキュー」

あくまで軽いノリで言い、理以はさっそく瑠加のクロゼットを開けている。その姿が、完全に中に吸いこまれるのを待って、瑠加はちいさく嘆息した。

容貌《ようぼう》や体格は似ていても、いや、似ていなければ血の繋《つな》がりを疑いたくなるくらい、瑠加とはなにもかもが正反対な弟だ。

つまり、社交的で明るく、あけっぴろげ。付属の小学校からエスカレーター式に大学に進んだところまでは同じだが、もともと理数系が苦手な瑠加とは違い、理以は親の期待どおりに医学部へすんなり入った。

斎京家は、代々続いた医者の家系で、古くは徳川《とくがわ》時代に将軍家の御殿医を務めていたところに遡るという。

現在は、全国に四十三病院を持つ、巨大病院グループとして名を轟《とどろ》かせている。瑠加たち兄弟の父親は三男であるが、経営手腕は兄たちより勝り、首都圏の主要病院を任されている。東京でも最大の病院に籍を置き、自らも内科医として医療にあたっていた。

当然、二人の息子は後継ぎということになる。算数の壁に阻まれはやばやと脱落した瑠加は、弟に対して複雑な思いを抱《いだ》かざるを得ない。

理以は、それどころか文系科目にも強いのだ。たいして勉強している様子もないから、天才なのだろう。性格からして、謹厳実直、尊敬と信頼を集めるような医師にはならないかもしれないが、患者には好かれるに違いない。

べつに今さらコンプレックスに苛《さいな》まれもしないが、理以の、この先も軽やかに世間を渡っていくのであろうスムーズな対人関係の運営法や、万事におけるそつのなさは時々、羨《うらや》ましい。

ただ一つ、恋愛面でいささか自由すぎるところだけが難点か。

「んじゃ、借りるね。あ、そうだ」

瑠加の手持ちの、妥当なスーツ——ちなみに、担当編集者との打ち合わせ用に購入した、反感を持たれないことを第一義に選んだもの——をハンガーごと抱え、部屋を出ていこうとした理以が、思い出したようにつけ加える。

「あのヒト、相楽。さっき母上を車に乗せてどこかに出かけたぜ？」

理以の言うことなど、たいていは聞き流す瑠加だ。しかし、その名が耳に入ると無視できない。

瑠加は、椅子の背凭れから首だけを捻《ひね》った。ドアの前で、理以が振り返っている。

「――どういうことかな」

「ん。観劇仲間とランチだってさ。いろいろよけいなことやらされて大変だねえ、そもそもは親父の運転手だけだったはずなのに」

「よけいなことやらされて」という部分に瑠加は反応したが、理以は言葉の最後で瑠加の反論を封じたつもりらしい。今度こそ、さっさと部屋を出ていった。

瑠加は肩で息をついた。もとより、反論するつもりもない。「よけいなこと」の中には確実に瑠加の送迎も入っている、なぜならほんらいは相楽は父親の運転手として雇われているのだから、ときっと理以は皮肉ったのだろう。

だが、皮肉られるまでもなく瑠加には、ほんらいの職分にはないことをさせている自覚があった。どうにかして、相楽を自分だけのものにしたい。そのために、なにをどうするというプランもないが。なにごとにも積極的には行わないヘタレの兄、と理以は言いたかったのかもしれない。

その通りだ。自分はなにもできないし、なにひとつ変えることもできない。

怠惰で無気力、ただ呼吸しているだけの生き物――つまりは観賞用。

人生を謳歌《おうか》したり、ひとりだけ楽しむなどできない。

なぜなら、相楽にもそんな自由なんかないから。

十六年前、瑠加が起こした気まぐれによって、強制的にこの牢獄《ろうごく》に繋がれてしまったから。


別荘近くのクリニック、消毒液臭い待合室の長椅子の上で、七歳の瑠加はさっきから震えの止まらない身体を押さえるように縮こまっていた。

目裏には、野犬が知らない少年に食らいついた、さっきの場面が何度もリピートしている。

悪夢のようなできごと。迸る鮮血、そこだけくっきりと赤い、モノクロの惨劇――。

殊に、あの血の色が瑠加から現実感を奪ったようだった。このときの瑠加はまだ知らない。

自分が大声を上げていたことを。悲鳴を聞きつけた地元の人が、惨状を見てすぐに車に瑠加と少年を乗せ、近くのクリニックまで運んでくれたこと、朦朧《もうろう》としている瑠加から名前を聞き出して、別荘に連絡を入れたということも。

ただただ、恐ろしかった。野犬はまるで、大きな強い狼《おおかみ》に見えた。それが、子どもの柔らかな肉を引き裂いた――真っ赤に染まる視界……。

治療のため運びこまれたけど、あの子はもう生き返るのは無理だろう。

前年に行われた、従兄《いとこ》の葬儀が脳内のスクリーンに割りこんでくる。まだ十歳だった。通学路に乱入してきた酔っぱらい運転の車に撥《は》ねられた。従兄の身体は十メートルも飛んだ後、激しく地面に叩きつけられたという。

　いくら聞かされても、そのイメージを思い描くことは瑠加にはできなかった。人の身体が簡単にひしゃげたり、全身を複雑骨折するなどということは瑠加の想像の許容量をオーバーしていた。その折れた胸骨が心臓を突き破って、一撃のもとに小さな命を仕留めただとか、救急車が来たときにはすでに息絶えていたなどということを、どう理解すればいいのだろう。

　だが、一年後の瑠加は、鮮やかにその場面を頭の中に広げることができた。他ならぬ自分自身が引き起こしたあやまちによって。あれだ、ツトム兄さんも、ああやってきっと……。

　だがついに、瑠加の目の前で診療室のドアが開いた。最初に現れたのは若い看護師だった。

「気をつけてね。あら、おうちの方はまだ見えていないのかしら」

　看護師は振り返り、物問いたげな声で言った。なにか応答があって、左腕を包帯でぐるぐる巻きにされた少年の細いシルエットが現れる。

　瑠加は息をつめて、その少年を凝視した。背格好はもちろん、どんな洋服を着ていたかなどという記憶さえなかったから、初めて目にしたといっていいのかもしれなかった。

　日に焼けた、精悍《せいかん》な顔つきだった。背の高さも容貌も、覚えている限りでの予測を上回っていた。三、四歳上だと思ったが、もしかしたら中学生かもしれない。

　いずれにせよ、瑠加の予想は完全に外れていた。少年はしっかりとリノリウムの床を踏んで立っていたし、その顔には涙の痕《あと》もない。

「お……」

なにか言わなければならないと思った。自分のせいで、相手が負傷したことだけがわかっている。死ななくても、怪我《けが》をしている。負う必要もなかった怪我を。

「……の、ごめん、なさい……」

瑠加は頭を垂れ、しおらしい声を出す。ともかく、自分がしゅんとして、小さくなってみせれば、誰も攻撃なんかしてこない。それどころか、逆に己を責め、瑠加にひざまずかんばかりにして謝る。

自分にそんな力があることを、瑠加はよく知っていた。具体的にどんな力なのか、それがよく女の子に間違えられる顔のためか、「常斎会《じょうさいかい》」グループの御曹司、というバックボーンのなせる業《わざ》なのか、詳しいことは考えたこともなかったが。争いごとのないときだって、みんなが瑠加をとりまき、クラスという社交場の中心はいつも瑠加だった。

だが、目を上げた瑠加を待っていたものは、かつてないほど険しい顔だった。

他の誰でも、こんなに怖い表情で自分を見てきたことなんかない。それは、人が人を非難するときによく目にする顔つきだった。

熱度の高そうな光を放つ、眦《まなじり》の切れ上がった双眸《そうぼう》。濃い眉の下に認めたとき、記憶が突然蘇《よみがえ》った。

別荘管理人の、大学生になる娘に連れられて出かける朝の散歩。毎日ではないが、週に三

回ぐらいだろうか。斎京一家は、たいてい夏休みをここで過ごしていたが、母親は地元での交友関係だけで忙しい。

弟もまだ小さくて、瑠加を連れ出してくれるのは彼女ぐらいのものだった。

その散歩中に、見かけたことのある少年だ。何度かすれ違っているのかもしれないが、覚えているのはただ一度、すれ違いざまにふと視線が合ったときのことだった。

強そうだと、その黒々とした目を見て、瑠加は思った。それだけだった。すぐに忘れてしまってもいいはずなのに、なぜか思い出した。

今もその目は、ふたつの宝石みたいに光っている。

そして放たれた言葉は、瑠加の背筋をすくませた。

「ガキが、ふらふら迷いこむんじゃない。森を舐めるな」

声変わりはしていなかったが、それでも低い声。なにより、言葉そのものが瑠加にとって衝撃的だった。きつい表情も、ぶっきらぼうな言い方も、それまでの瑠加の世界にはいっさいなかったものだった。時たま、教室で誰かが争っているのは見たことがあるが……文字通り「見た」だけで、参加したことも巻きこまれたこともない。

なのに、なにも悪いことをしていない瑠加に、相手は勝手に怒っている。投げつけるように言って、それきり瑠加の脇をすり抜けていく。

待合室でスリッパを脱ぎ、靴箱に納めているのを見て、このまま帰る気なのだと察しがついた。自分を無視して？　ひどいことだけ言って？

瑠加は急いで、その後を追った。しかし、追いかけるまでもなく自動扉が開いて、瑠加のよく知る姿が現れる。

「お父様！」

日頃、特に父親っ子というのでもない――というかむしろ、父子の関係はいたって冷ややかなものだったのだが、父親の姿を認めてその名を呼ぶまでの僅《わず》かな時間で、瑠加はとっさに父を「使う」ことを決断した。

「その子が、僕の代わりに怪我したんだ」

ゆっくりと、少年は振り返る。瑠加は思わず身じろいだものの、もう怖い顔をしていないのを見てひとまず安堵《あんど》した。しかし、すぐに今度は今度で、相手が瑠加には意味のとれない表情でいるのに気づく。

心持ち眉をひそめ、かといって怒りや嫌悪というのでもなく――ただかすかにいらだち、それよりはもっと不思議がるような……今の瑠加なら、そう表現するところだが、他人がそんな顔をするのをはじめて見た子どもには、理解のしようもなかった。

「そうか。とんでもない迷惑をおかけしたな」

父親が、まるで心のない調子で言うのを聞いて、瑠加は内心恥ずかしくなった。ともかく、心から詫《わ》びる気持ちなど、さらさらないことはわかったからだ。父はまた、瑠加のほうを見ようともしなかった。続けて、少年に訊いた。

「お父さんかお母さんは？　来られていないのか」

「――仕事が忙しいので……」

少年は瑠加から目を離し、ややきまりわるげにそう答えた。

「ほう？　なにかご商売でもなさっておられるのかな？」

ほんの少しでも、侮りが声に混ざっているのを察知したのだろう、少年は毅然《きぜん》と面を上げる。

「農家です。市場以外にも、ホテルやペンションに納めているので」

瑠加はわくわくしながら、相手を眺めていた。ともかく、この父に厳しい物言いをする人間を、はじめて見たのだ。しかも、この反逆者は年若い。それを聞いた父親がわずかに眉根を寄せても、気後れのかけらもない様子で、

「俺も早く帰って、手伝わなきゃいけないので、失礼します」

父をないがしろにした！　――瑠加の心音が速くなる。「待ちなさい」と、いささか機嫌を損ねたふうに父親が引き留める。

「名前と――家の連絡先を教えてくれないか。あらためて礼に伺う」

あくまで尊大に父親は言い、少年は素直にそれに応じた。

サガラシンヤ。

ガラス戸のむこう、ずんずん小さくなっていく背中を、瑠加は胸を躍らせながら見送った。

サガラシンヤ。聞いたばかりの名を反芻《はんすう》する。どんな字で書くのだろう。

傍らで父親がみじろぎをする。

「生意気だな。躾《しつけ》がなっとらん」

吐き捨てるように言った。常に人を従え、何びとたりとも上には置かない父を、これほどいらだたせるできごとがあるとは。はじめて見る、父親の余裕のない様子が瑠加にはおかしくてたまらなかった。

——算数がちょっとできないくらいのことで、僕を馬鹿扱いなんかするからだ！

小気味良かった。


その名を、ふたたび聞いたのは、東京に帰る車の中でだった。瑠加は、父と並んでベンツの後部シートに坐《すわ》っていた。

「このあいだの子どもだが」

と、父親が話しかけた相手は瑠加ではなく、当時の秘書だった。東京へ帰る日には、いつもわざわざ迎えにくる。秘書は助手席から振り返ると、

「瑠加さんを助けてくれたという？」

と返した。

あの子のことだ。瑠加は耳をそば立てる。

「今の親は、養い親のようだな」

「実の親は、じゃあ……?」

「あの子が幼稚園に上がる前に、二人とも亡くなったらしい」

「どちらかのご兄弟が、引き取ったわけですか」

「いや。そんなに近い間柄ではないようだ。まあ遠縁だな」

言って、父親は腕を組む。

「かわいそうに。あんな大怪我を負っても、家の手伝いをしなきゃならんとは」

父の口から、同情する言葉が出たことに、瑠加は驚く。窓のほうから、車内に視線を移した。父が、母を伴って自らサガラシンヤの家に謝罪に出向いたのは知っていた。それだって、びっくりするようなことだ。常ならば、使用人に任せるところだった。

「あまりかわいがられてはいないということでしょうか?」

「というか……邪魔者扱いされているようだ」

邪魔。邪魔者。瑠加はたった今聞いたその語を嚙みしめる。それは、この父の自分に対する扱いと同じだと思った。父は、そうと意識してはいないのかもしれなかったが、七歳の瑠加には細かな心の機微など理解し得ようもないことだった。

父は、くっと喉を鳴らす。

「なかなか骨のある奴なんだがな。年のわりにはしっかりしているし、頭もよさそうだ――だが、生まれ育ちだけはどうしようもないな。今あいつを食わせていくのが、養い親には不本意なことも、食い扶持《ぶち》を稼いでくるようになるまで家の仕事でこき使うのも、そういう人間の情けにすがっている以上は、しかたがあるまい」

「気の毒ですね。そんなに見どころのある子なら……」

「まあな。時代が違えば、間引かれていたところだろう。生きているだけでも、ありがたがれという話だ」

「そういうの、児童相談所に通報しなくていいんですか？」

「虐待まではいってないようだからな。見たところ、外傷もなさそうだし。腕の傷痕が、一生残るほかには」

瑠加の心臓が、音をたてて縮んだ。間引かれるとか食い扶持とか、わからない言葉だらけだが、傷痕が一生残る、というのだけはよくわかった。

自分のせいで。

しかも、怪我をしたことで、ほんとうの親ではないお父さんお母さんから、どうやら迷惑がられているらしい。瑠加だって、病気のときに邪魔者扱いされることなどないのに。

それも、自分のせい……。

サガラシンヤに降りかかった不幸を思うと、瑠加の身体はぞくぞくと痺《しび》れた。かつてないほどの快感だった。物語の中にしかないような、ドラマに出てくるような、つまりは作り物の世界でしか知ることのないような他人の不幸に、自分が深く関わっている！

かつてない歓びにうち震えた後、瑠加は突然気がつく。このまま東京に戻ったら、サガラシンヤのその後を知ることができるのは、来年の夏休みだ。一年も待っていなければならないのだ。一年。気の遠くなるような長い時間、サガラシンヤに会えない。

それに、偽の親に邪魔者扱いされている子どもなんて、いつ売られるかわからない――お話の中では、必ず赤の他人の商人に売られると決まっている。そして馬車馬のように働かされたり、よくてもサーカスの芸人になって世界中を回るのだ。そうなったら、いったいどうやってサガラシンヤの居所を見つければいい？

「お父様、お願いがあります」

瑠加は急に思いつき、父を見上げた。

父が、なんだというふうにこちらを見る。サガラシンヤのことを語っていたときの、同情心や思い入れのまったくない表情に、瑠加は少しばかり傷ついたが、今はそんなことを気にしている場合ではない。瑠加はいずまいを正し、その願いごとを口にする。

「あの子が欲しい。あの子を買ってください」

あの頃は、わかっていなかった。気まぐれな言葉ひとつが、ひとの人生を左右するような事態を起こすということが。

いや、実際に相楽が斎京家に引き取られることになったのは、父が瑠加の思いつきを面白がったからで、却下されていれば一年という「永遠に等しい時間」が過ぎ、夏休みになるまで再会を持ち越されただろう。その頃には、瑠加はすっかり相楽になんか興味を失ってしまったかもしれないし——いや、それはきっと、ありえない。何年経《た》ったって、自分のせいで身体に醜い痕をつけた年上の少年のことは瑠加の心の中心で燻り続けただろう。夏の匂い、深い森、そして泣き声と血の色の記憶。

だが、それとオモチャでもねだるようにして相楽を自分の傍《そば》に置いたこととは等価にならない。

瑠加にしても、まったくペナルティなしというわけにはいかなかったことが、僅かな救いだ。おねだりを聞き入れる代償として、瑠加には医学部合格と家を継ぐことが課せられた。「算数が苦手」だなどと、暢気《のんき》に言ってはいられなくなったのだ。

だが、結果はこの通りである。まるで魔法をかけられたみたいに、算数の授業はますます瑠加の頭をこんがらがらせたし、算数が数学に変わった中学以降は途方もない苦行だった。

約束を果たせそうにない長男に、父はますます冷淡になった。今はもはや、存在すら忘れているのではないかと思う。

父から疎んじられるなど、なんでもないことだった。家督は理以が継ぐことになっているし、弟にはその器量があるだろう。

親から無視されることも、二十三歳にもなって一人立ちできない自分のふがいなさもどうでもよかった。十六年前の己の軽挙を今なお後悔し続ける苦しさを思えばましだ。

後悔と、ままならないことへのいらだち。相楽を求める心は、いまだ報われない。これほど一つのことだけを願っているのに、どうして相楽を手に入れることができないのだろう。呼べば答えるし、つまらないパーティの後に迎えにきてもくれる。だが、相楽はただ、それを己の責務として果たしているにすぎない。なんの感情もない目。

報いなら来ている。ひとの運命を、オモチャみたいにやりとりしてはならないという戒めとしての報いが。

この家に来たころの相楽は、ほんとうに瑠加の奴隷《どれい》だった。その背を馬にして、瑠加は半日でも飽かず家の中を乗り回したし、わざと食べ散らかしたおやつの残骸《ざんがい》を相楽が食うように強要したりした。愚かな子どもの愚かな行い。だが、子どものしたことだから水に流せなどと言えるだろうか。子どもならではの残酷さで、無意識のうちにひとを傷つける。いや、傷つけたのだと気づく頃には、後の祭りなのだ。

それから五年後に、瑠加は決定的な傷を相楽に与え——腕に残《のこ》った醜い引《ひ》き攣《つ》れとともに、心にも刻まれたであろう痕をつけた。瑠加は、そのことを今も忘れない。相楽の視線を、まともに受けることができないのは、そのせいでもある。

自分は、取り返しのつかないことをした。昼に夜に何度となく思い出し、瑠加もまた、罪の獄に繋がれている。

瑠加は離れの前でいったん立ち止まり、呼吸を整えた。目の前には変哲もない引き戸。その脇に取りつけられた呼び鈴を押した。

ややあって、インターフォンから応答がある。くぐもった声が「はい」と応じた。

「俺だけど」

『――ああ』

今の「ああ」は、どういう意味合いでの「ああ」なのだろうと詮《せん》ないことを考えた。それも束の間、引き戸が開く。

現れた相楽は、怪訝《けげん》な顔で瑠加を見た。すかさず、腕にかけてきたスプリングコートをその胸に押しつけるようにして、瑠加は、

「袖のボタンがとれた」

そっけなく言った。その実、目は油断なく相楽の表情の変化を観察している。

「ああ」

相楽はコートを受け取り、踵を返す。瑠加は内心落胆したが、気を取り直し、相楽に続い

て玄関を上がった。

「……おい」

上がり框《がまち》で、振り返った相楽が眉をひそめる。

「茶ぐらい飲んでったっていいだろ。ある意味、俺の家でもあるんだし」

どういう理屈だと自分でも思いながら、瑠加はさっさとサンダルを脱ぎ、相楽を追い抜かして離れに上がった。

斎京家の広大な敷地の隅に建つそこは、もともと父親の高校時代の勉強部屋だったらしい。十六年前、相楽がここにくる前には、取り壊す話も出ていたようだが、ちょうどいいということで相楽の私室になった。

十畳ほどのフローリングに、机と椅子、ベッド。低い座卓。今どき珍しいブラウン管のテレビでは、土曜の午後らしいバラエティ番組の再放送が流れていた。

簡単なキッチンは、相楽が住むようになってから増築されたものだ。バストイレ完備。家賃不要の住まいとしては立派なものだ。しかし瑠加は、こんなところに十一歳の子どもを住まわす父親の、冷淡な差別意識を感じずにはいられない。もっとも、しばらくはそんなことに思い至りもしなかった。

机のほうの椅子に瑠加のコートを掛け、相楽はキッチンのほうへ消えて行く。「茶ぐらい飲ませろ」という言葉を、額面通りに受け取ったのだろう。その生真面目さは、鈍さでもある。

瑠加は膝《ひざ》を抱え、面白くもないテレビに見入る――ふりをして、キッチンの気配に耳を澄ませた。かちゃかちゃと食器が触れ合う音がする。ほどなくして、トレイに湯気の立つマグカップを二つ載せた相楽が戻ってきた。

受け取ったカップには、緑茶が入っている。礼を言って、瑠加は熱い茶を啜《すす》った。

その間に、相楽はふたたび立ち上がって、造りつけのローチェストの引き出しを開ける。下の段に、裁縫道具が入っている。

「べつに、そんな急ぐこともないんだけどな」

コートを膝の上に広げた相楽に、瑠加はぼそりと言った。それよりは向かい合って茶につきあえと匂わせたつもりだが、相楽はちょっと目を上げただけですぐに針に糸を通す作業に戻る。

一分一秒でも早く、お帰り願いたいということか。

いや違う、真面目すぎるだけだ。

瑠加の胸の中で、二つの思いがせめぎ合う。相楽の本心を探り出すことなんて、とうの昔にあきらめたはずだ。なのに、こうして二人きりでいると、相手の心にあるものが見えないいらだちが瑠加を苛む。

――どうして、ろくに素性も知れぬ一家について行くことにした？

十六年前には、浮かべたこともない疑問がまた巡ってきた。あのときは――おねだりが聞き入れられた嬉しさで、相楽の胸中を斟酌《しんしゃく》するという発想すらなかったのだ。

テレビが、どっと沸いた。

瑠加はつくろい物をする相楽から目を離し、テレビを見る。ひな壇に並んだ芸人が、全員立ち上がってMCのベテラン芸人につっこみを入れている。若手のくせに、ベテランにタメ口を叩いて、それが許される空間なのだろう。テレビだから。そういう進行になっているから。

なんとなく面白くない。瑠加は座卓に置かれたリモコンをとって、チャンネルを変えた。

とたんに、激しい喘《あえ》ぎ声が流れ出す。ぎょっとした。一瞬で、これまた再放送のサスペンスドラマだとわかる。名前も知らない役者同士が、ベッドで絡み合っている。

相楽が顔を上げた。瑠加の視線と合うと、また膝のコートに目を落とす。

「これ見たいのか?」

半分は気まずさを胡麻化すために瑠加は言ったが、逆にからかうような物言いになってしまった。

「いや」

相楽は淡々と答える。

「…………」

見たいんじゃないの? エッチしてるよー……そんな冷やかしが通用するのは、せいぜい中学生までだろう。己の子どもっぽさだけが浮き彫りになった形だ。瑠加はほとんどふてくされて、マグカップをとった。緑茶はちょうどよい温度になっていて、半分ほどを一気に喉に流しこむ。手持ち無沙汰《ぶさた》を解消するべく、というのもあるが、喉が渇いてしょうがない。

気がつくと、相楽がこちらを見ていた。

心臓がコトリと鳴った。どことなく温かみを感じさせる、そのまなざし。時々こんな目をして瑠加を見るが、そのたび瑠加ははっとしてしまう。

すぐにもとの、凪《な》いだ表情に戻って、

「もう一杯飲むか？」

と訊ねる。ボタン付けは最終工程に入っており、あとはかがった糸を切るのみのようだ。

「飲む」と言えば、ここに留《とど》まる理由ができる。しかし、相楽のカップには、まだ手もつけられないままの茶が残っている。相楽は、瑠加が期待しているような意味で「もう一杯」と言ったのではないだろう。

「いや、いいよ」

瑠加は思い切りよく立ち上がった。相楽の手から、コートを受け取るとき、また目が合う。

「――サンキュ」

もぎ離すように視線を逸らし、瑠加は踵を返した。たったこれだけのことで、頬が熱くなっている。

相楽はそれに気がついただろうかと、離れを後にしながら考えた。たった今潤したばかりなのに、もう喉がからからに干上がっている。雨の恵みを待つ、砂漠みたいに。

階下が騒がしい。

瑠加の自室は、二階の廊下に面していて、玄関ホールから吹き抜けになったそこから、意外と音がよく聞こえる。

父親が帰宅したらしい。一人ではない。ゴルフ仲間を連れ帰ったのだろう。複数の気配で、ざわざわしている。

ざわめきに混じる高い声は、母親のものだ。今日は「女子会」もお稽古ごともなかったのか。客を伴ってくると、事前に聞かされていたのかもしれない。パーティだスクールだと日頃ほとんど家を空けている母だが、さすがに来客のある夜に不在では、夫のメンツを潰《つぶ》してしまうことになりかねない——という程度の常識は備わっているらしい。

どうでもいいと思いつつ、瑠加は立ち上がり、自室のドアをそっと開く。案の定、広い玄関にゴルフウェアの男が五人ほどもいて、母親と挨拶を交わしていた。

瑠加の目は、ドアの前にいる相楽に吸い寄せられる。担いでいるのは、父親のゴルフバッグだった。父の運転手を務める相楽は、当然のように休日のラウンドにもお伴させられている。むろん一緒にコースを回るというのではない。ホールアウトしてシャワーを浴びる父を、クラブハウスで所在なく待っているのだろう。

それを考えると、父親に対する憎しみのような感情が衝き上げてきて、廊下の手すりから半分だけ頭を出した瑠加は、父の姿を探し当てると思いきり睨みつけた。

意味もない行動だ。今さら憤慨するだけ虚《むな》しいというか。来客ともども、両親は奥へ引き上げていく。

それを見届けた後、相楽は玄関の収納にゴルフバッグをしまう。

そのまま離れに戻ると見当をつけ、瑠加は頭をひっこめた。そろりそろりと、しゃがんだ体勢で自室のドアまで前進していると、父の声がした。

「おまえもこい、森哉」

瑠加はその場で固まった。はい、と折り目正しい返事をして、相楽が靴を脱ぐ気配がある。

ふたたび方向転換し、手すりの上からあわてて覗《のぞ》くと、相楽の後ろ姿が廊下のほうに吸いこまれていくところだった。

「………」

我知らず、腰を上げていた。気がつくと瑠加は、階段を降りきったところに立っている。

さっきまで賑《にぎ》やかに来客を迎え入れていた、玄関ホール。

人気の消えたそこにしばし佇《たたず》んだ後、瑠加はリビングに向かった。父が客の前で相楽をどう扱うか。見届けない法はないと思う。

「あら、瑠加。珍しいわね」

母親が真っ先に瑠加に気がついた。住みこみの家政婦に手伝わせながら、酒席の支度を整えているところらしかった。

その声に、すでにソファセットに陣取っていた客たちが、いっせいにこちらを見る。

「これはこれは、瑠加さん……でしたっけ？」

父に確認をもとめたのは、薄いパープルカラーのポロシャツに身を包んだ男だった。

「ああ。長男だ」

尊大な物言いは父の常だが、この場合は、相手があきらかに年下だということもあるのだろう。

「いらっしゃいませ。はじめまして。いつも父がお世話になっております」

しかたなく、瑠加は社交辞令を繰り出しながら一揖した。

「はじめましてじゃないんだけどな」

すると相手が苦笑とともにそう言ったから、瑠加は己の失策を知る。

「といっても、お会いしたのはまだ、瑠加さんがこーんなに小さいときですがね」

「…………」

座が沸いた。

「そんなに小さくちゃ、覚えてらっしゃらないだろう」

「困っておられるじゃないですか」

口ぐちに男につっこむが、皆一様に敬語なのは、瑠加が「常斎会」斎京理事長の息子だからなのだろう。冷めた気持ちで、そんなことを考える。

「もうしわけありません。記憶力が悪くて……」

瑠加はポロシャツの男にもう一度低頭した。

「いやいや、そんな。流してくださってかまいませんでしたのに」

相手は逆に恐縮し、さかんに手を振る。

なら、最初から「はじめましてじゃないんだけど」とか、苦笑してみせたりしなければいいんだと、瑠加の中で暗い塊がもぞりと動いた。

すぐそんなどす黒い思いは追いやって、瑠加は父の背後に佇む相楽に目を向ける。

「おまえもこい」とは言っても、父親は相楽を客と同格には扱わない。立場を考えればあたりまえなのかもしれないが、立たせておくのはどうなんだと思う。酒宴の支度がどんどん整っていくのを見て、気が揉《も》めた。早く離れに引き取るようにと言わないだろうか。仕返しみたいに、瑠加は椅子をすすめられたのを聞き流し、リビングを入ったところに立ったまま動かずにいた。

「相楽くん、だっけ?」

赤いシャツの男が、そんな相楽に話しかけた。瑠加はキッとして相手を見る。若い男だった。といっても、三十前といったところだろう。一同がそうであるように、顔をてらてら光らせている。

「はい」

相楽は簡潔に答え、忠実に次の言葉を待つ。

「きみはゴルフはやらないの」

「私は運転手ですので」

「いや、それは知ってるけど。プライベートではという意味」

「いえ。不調法にして、そういうことは」

「不調法って、そんな若いのに」

若いからこそだろうよ、もう黙れ。瑠加は腹の中で赤シャツを怒鳴りつけた。ゴルフが中年以降の趣味ではないことは知っている。通っていた私学では、中等部からゴルフ部がもう存在していた。大学のゴルフサークルともなれば、いっぱしの社交場である。

だが、相楽はそんなのとは違う。大学を出ていないからとか一介の運転手だからとか、そういうことではなくて、金ばかりかかる浮ついた遊びなんかに、興味がないだけだ。

「瑠加、坐ったら?」

最後にシャンパンをワゴンで運び入れた母親が、再度促す。大きめのバケツに、ボトルが二本突き刺さっていた。

「いえ、部屋に戻ります」

「なんだ。挨拶だけか？　理以はどうした」

「今日は、お友だちとご一緒にお出かけです」

母ではなく、家政婦が答えた。

「あいつは、少し遊びが過ぎるようだ」

父は渋面を作る。

「まだ学部生でいらっしゃるんですよね？　いいじゃないですか、末頼もしいご子息で――」

紫のポロは、そこではっとしたように口を噤んだ。リビングの入り口に突っ立っているもう一人のご子息が、はやばやと「常斎会」の後継ぎコースからドロップアウトしたことを思い出したのだろう。

瑠加は自室に引き上げたくなったが、こちらに向けられた広い背中を見ると踏みきれない。赤シャツが、相楽に興味を抱いていることは疑いようがなかった。

そこへ、

「瑠加さん、お仕事の調子はいかがですか」

明朗な声が割って入った。瑠加は便宜上、声のほうを見る。杞塚道真《きづかみちざね》。父親の秘書になって、まだ二年の二十七歳。白皙《はくせき》に整った目鼻立ちの、見るからに切れ者といった風采《ふうさい》の男だ。

急場を救ったつもりなのだろうか……瑠加は胡乱《うろん》に杞塚を見すくめる。如才ない笑顔。理以がそうであるのとは、また違った意味でそつがない。意味が違うというのは、理以のそれがたいした思惑をはらんでいないのに対して、杞塚は損得抜きでは動かない人間だ——と、瑠加が考えている点にある。

今もそうで、涼しげなまなざしの中に、恩着せがましい押しつけがあるように瑠加には思える。

「まあ、細々とですが、なんとか」

「そういえば、ご長男は翻訳家でいらっしゃいましたな」

「実にさまざまな方面に才長《さいた》けたご子息たちで、羨ましい限りです」

「いやいや。これの仕事なんて、ほんの小遣い稼ぎ程度だよ」

父親は笑って言う。

瑠加はむっとしたが、

「まだまだ親がかりで。独立しろといっても実家住まい。先が思いやられますよ」

続いた言葉はまさにその通りで、反論の余地もない。

「またまた、ご謙遜を……そのご尊顔なら、そこいらの雑誌に近影つきでエッセイでも書かれたら、たちまち話題になるんじゃないですか？　失礼ながら」

まったく失礼だ。それをよけいなお世話というんだと、瑠加はまた腹の中で言う。

シャンパンの栓《せん》が抜かれ、母親と家政婦が一同に注《つ》いで回る。

「瑠加、坐りなさい。いつまでもそんなところにいるもんじゃない。相楽、おまえもだ」

父親の言葉に、瑠加は相楽を窺《うかが》った。リビングに足を踏み入れ、一人掛けのソファに腰を下ろす。相楽がその隣のスツールに、同じように腰かけたのを見て安堵した。

シャンパンが行きわたり、乾杯が行われた。今日のトーナメントは、やはり父が勝ったようである。ひとしきりゴルフの話題で盛り上がった後、話はまた瑠加の容姿のことにループする。母親にそっくりだというのが主な褒めポイントらしい。

「うちの娘に、少しその美を分けていただきたいものですな」

羨ましげにため息を吐《つ》かれても、生まれて以来この顔である。瑠加にはどうだとも応じられない。外見だけが褒められる、というのいつものパターンに辟易《へきえき》するのみだ。おまけに、社交のことしか頭にない、空っぽな母親に似ているなどと言われて嬉しいはずもない。今日は、それに加えて仕事のことも讃《たた》えられてはいるが。

所在なくシャンパンを口に運ぶ。相楽のいる右側だけ、体温が上がっているようだ。アルコールに弱いほうではない上に、緊張を強いられながらの摂取では、酔うどころではない。

シャンパンフルートを卓に置いたとき、視線を感じた。杞塚がこちらを見ている。

その、僅かに笑った目が気に入らず、瑠加はぷいとそっぽを向いた。

「相楽くんは、骨董《こっとう》とか興味ある？」

声のしたほうへ、あわてて目を向ける。さっきの赤シャツだ。てらてらした顔で、いかにもやぶからぼうな問いかけ。

一座がどっと沸いた。

「まったく、きみはなにかというとそれだな」

「相楽くん、春田《はるた》くんの話なんか聞かないほうがいい」

意図するところは違うだろうが、瑠加が言いたいことを代わりに言ってくれたので、瑠加は紫ポロをいくぶん認める気になった。

「骨董——ですか？　眺めるのは好きです」

相楽が律義に応じたため、いったん鎮まりかけた瑠加の感情のメーターが、また怒りのほうに振れる。

「おお！」

「ですが、価値などは私にはわかりませんので、目利きはできません」

「いいんだよ、それで」

と、赤シャツは身を乗り出す。

「いやね、僕もつねづね、値が張るから価値が高いみたいな風潮はどうかと思っているんだ。

値段とかじゃなくて、いいものを、ただいいと思う。肝心なのはその心眼であって――」

ひとくさり骨董について語った後、赤シャツは、

「――ところで、今度メッセでアンティーク市をやるんだけど」

よかったら一緒にどう？　という誘い文句が飛び出して、瑠加の目も飛び出しそうになる。

「いえ、私は……」

相楽は丁寧にだが誘いを断わった。その横顔を眺め、内心ほっと息をつく。

――また見ている。

杞塚の目に、舐めるような執拗《しつよう》さが混ざってきた。疎ましい。それ以上に、相楽に馴れなれしく話しかける、赤シャツの脳髄に鉄槌《てっつい》でも打ちこんでやりたかった。

「それでは、私はこれで」

ほどなくして、相楽が立ち上がった。それ以上、肴《さかな》にされるのを嫌ったのだろうか。赤シャツは最後までしつこく相楽を誘っていた。父親は、「うむ」と相楽のほうを見ようともせずうなずき、瑠加もすぐに退散したいと思う。

だが、杞塚の視線がある。追いかけるように席を立ったのでは、あからさますぎるという分別ぐらいは、瑠加も心得ていた。

かといって、またゴルフと骨董と瑠加の顔の話題がループするこんな場に、いつまでいたってしょうがない。

じりじりしていた瑠加だったが、紫ポロが「瑠加さん、街でスカウトに声をかけられたりするでしょう?」と訊いてきて、怒りが沸点を越える。

「最近では、繁華街には足を向けないようにしています」

そっけなく言い置いて、とうとう立ち上がった。瑠加の、謙遜もなにもない返答に、なぜか客たちはウケているようだ。

自分もまた消耗品だ。リビングを足早に出ながら、そう思った。珍しがられ、面白がられ、しげしげと覗きこまれるが、内側までは誰も入ってこない。中身がないことを、皆知っているからだ。

リビングから逃れ、だがそのまま自室に引き上げる気にもなれない。瑠加の足は、自然と外に向かった。離れのほうに。

呼び鈴を押したが、応答がない。もう一度押して、しばらく待つ。三度めに指がかかったとき、ガチャリと音がして引き戸が開いた。

「遅……あ、風呂だったのか」

瑠加はややうろたえた。いきなり上半身裸の相楽を見ては、とても落ち着いていられない。しかも、相楽の頭は泡だらけだ。シャンプーの最中に出てきたらしかった。腰から下と、左腕にもさりげなく大判のタオルを巻いていた。

「そんなもん、洗い流してから出てこいよ」

自分がしつこく呼び鈴を鳴らしたことなど忘れ、瑠加がついつい責める口調になってしまったことを、どう思ったのか。

「悪い。じゃあ、これだけ流してくる」

責められなかったことに、かえって気がひけた。自分の卑小さが恨めしい。

それでも引き返さず、瑠加は虚勢を張るように我が物顔で離れに上がる。相楽はそのまま、バスルームへ消えて行く。ややあって、そちらのほうから水音が聞こえてきた。外からは聞こえない。完全防音システムの離れは、父の学生時代の不品行を証明するようなものではないか、と思う。冷厳な父親に対する反抗心というよりは、瑠加自身の厚かましさを相殺するために、そう思うことが必要だった。

水音はなお、瑠加の耳の底に沁みわたるように降る。フローリングの床にぽつねんと坐りこんでいると、無為な時間がひたすら流れていくのがわかる。すると瑠加の目裏に、思いがけずに見た、相楽の無防備な裸が蘇ってきた。腰から下はバスタオルで蔽われていたが、逞《たくま》しすぎず、ほどよくついた筋肉や、引き締まった腹、ヘーゼルナッツ・アイスクリームみたいななめらかな皮膚を伝う丸い雫《しずく》などが、脈絡もないまま次々現れる。その画像が、いつしか瑠加自身が水飛沫となって相楽の身体と絡み合う架空のイメージへ移行した。相楽のしなやかな上体が、背中から瑠加に蔽いかぶさってきて、腕が胸に回される……左腕に斜めに走るあの傷痕が、瑠加の脇腹を擦《こす》る。いつのまにか瑠加も素裸になっていて、肌と肌がぴ

ったり合わさっている。身体を這《は》う、手のひらの熱……。

「瑠加」

瑠加は、突然蹴《け》り起こされたように我に返った。おそるおそる振り返ると、タオルを頭からかぶった相楽が見下ろしている。すでにトレーニングウェアに着替えていて、たった今まで瑠加の脳内でのたうっていた煽情的《せんじょうてき》な姿はどこにもない。上は長袖のパーカ、パンツの裾《すそ》を五センチほど捲《まく》っているため、素足が見えた。形のいい足の爪。

「何か飲むか？」

ごしごしと乱暴に頭を拭《ふ》きながら問う。

「あ、俺がやる」

瑠加はことさら機敏に立ち上がり、急ぎ足でキッチンへ向かった。小型の冷蔵庫を開けたところで、しゃがみこむ。妄想の尻尾が、まだ瑠加を捕えていたのだ。下半身の一点に、血液が集中している。下着を押し上げるほどに膨張した股間《こかん》の劣情。相楽に気づかれるはずもないが、腰に力が入らない。

それでもなんとか自分を励まして、瑠加は目についたウーロン茶のボトルを持って戻った。相楽がすでに用意していたグラスに、適当に注ぎ分ける。最初から、飲み物をもらっておけばよかったと後悔した。そうすれば、手持ち無沙汰で変な想像なんかすることもなかった――かもしれない。

それでも、グラスを傾ける相楽の喉仏に、今度は目を奪われてしまった。ウーロン茶を飲みこむとき、ごぶりと動く、そこだけ別の生き物みたいな軟骨の突起。

股間がまた疼《うず》いて、瑠加は目を逸らした。とりあえず、視覚からの情報を遮断しておく必要がある。

瑠加は黙って、グラスを口に運んだ。冷えたウーロン茶が、まさにほとぼりを冷ましてくれるかと期待したが、心音はさっきからずっと不規則に打ち続けている。

「――さっきの話だけど」

あまり沈黙を挟みたくない。瑠加は、表向きはぶっきらぼうに目を上げた。

「ん？」

「あいつ……あの赤い、いや骨董がどうかとか言ってた変な男」

誰のことだかすぐわかっただろうに、相楽は黙って瑠加を見つめるだけだ。

焦《じ》れたが、言いかけた以上はしかたがない。

「で、行くのか？」

「どこに？」

「……どっかでやるとかいう骨董のイベント」

「いや。行かない」

簡単な返事だった。即答すぎて、瑠加は次に言うべきことを用意していない。相楽は穏やかな顔で、こちらを見ている。かすかな熱が、その双眸に寄せては返すように感じた。なんの熱だろう。瑠加は当惑する。

「行きたいんじゃないのか」

よりによって、追及のほうに進路が曲がってしまった。声が険しいのが、自分でもわかる。もしかすると、顔も強張《こわば》っているのだろうか。

「なんで」

相楽は不思議そうだ。よく考えなくたって、追及されるいわれは目の前の男にはない。自分だけが、おかしいことを言っている。意識すると、ますます焦った。

「なんとなく」

最低な返しだ。小学生か。幼稚で工夫もなにもない。

「べつに興味ない」

「……だろうな」

「そんな所に行ったって、俺になにがわかるってわけでもないし、むろん目利きでもない」

「そりゃそうだ」

我ながら、嬉しそうなのにもほどがあるだろうとあきれたが、相楽はどう感じただろう。

「そういうのは、家にお宝が山ほどあるとか、専門の勉強をしたとか、そういうんでもなきゃ身につかないだろうしな。春田さんみたいに」

あの骨董バカの名前を、瑠加は言われるまで忘れていた。赤シャツとしか記憶していなかった。そういえば、誰かがハルタくんと言っていた気もする。

名前もよく知らない相手と張り合っていたのかと思うと、さすがに馬鹿ばかしい。瑠加は、そんな自分につい笑ってしまった。

次の瞬間には、固まった。

まるで――それではまるで、相楽に学がないことを笑ったみたいではないか、と思った。もちろん、そんな気はなかったのに。全身の血が、すうっと引く。

相楽は表情も変えずに、ただ瑠加を見つめていた。表情が同じなのだから、感情も同じはずだ、と決めつけるには瑠加は、己の言動が軽率だったと自覚しすぎていた。

理性の勝った、実年齢よりもずっと大人びた内面を表すように、相楽は表情で語ることが少ない。ただ、その双眸に射す光によって、怒っていたり、楽しそうだなとこちらが推察するだけだ。その解釈が当たっているか否か、確認してもきっと応じてもらえないだろう。十六年の間に瑠加が知った最大の真理は、結局のところ、わざと心を隠している人間の本心など、他人にはわかりようがないというそっけない結論かもしれなかった。

いずれにせよ、さっきまでのぎこちないながらもなんとかとりつくろった友好ムードは音もなく崩れ去り、相楽は次には冷ややかにこちらを見るのだろう。

そんなものは、見たくない。知りたくもない。

だから瑠加は、さっと腰を上げた。

「じゃ、そろそろ帰る」

相楽は返事をしない。

そもそも、俺はなにをしにきたんだと後悔しながら、瑠加は離れの三和土《たたき》に脱いだサンダルに足をつっこんだ。

ああ、そうだ。あの赤いシャツの骨董バカ……その面影が脳裏に浮かぶと、いまいましさに舌打ちしたくなる。あんなのが紛れこんできたせいで。

だが、どこに？　自分と相楽の世界に？　はっ。そんなもの、もとからありはしない。ないものが崩れることは、ありえない。温かいと思っていた空気は、実はこちらの思いこみにすぎなかったのだ。

虚しさを胸に振り返った瑠加の目が、ローテーブルの前に佇む相楽を捕える。

瑠加は瞠目《どうもく》した。相楽の顔が、悲しげに見えたことに——はっとして、二度見たが、相楽は俯《うつむ》き、もう表情が見えない。

相楽の元に、もし戻ったら。そんな思いが過《よぎ》った。引き返して、その胸にすがりついてみたならば。

衝動が、もう少しで瑠加を実行に移させるところだった。しかし、そうはならなかった。行動に移してみたところで、見当違いということもあり得るのだ。相楽は迷惑がるだけかもしれない、瑠加をもてあました末、もっと冷たい目で突き放すかもしれない。

いや、くだくだとした理由づけなんていらない。ほんとうのことを知るのが怖い。それだけだった。自分はこの上なく身勝手で臆病《おくびょう》な鳥だ。いや、虫だろうか。本の頁《ページ》を這う、紙魚《しみ》ほどの価値もない。

できるだけ滑稽《こっけい》に、自分のことをたとえてみたら、少し気分が晴れた。春の夜の柔らかな風が、母屋《おもや》を目指す瑠加の背中を撫《な》でて吹き抜ける。


十六年前。ひょんなことから身よりのない子どもを引き取ることになった瑠加の父親が、その子どもに与えた立場は養子でも家族の一員でもなく、被雇用者だった。

斎京家は、医療法人の長である。実際はどうあれ、仁とか情とかをより多く匂わせたほうが「常斎会」の評判は上がり、新しい患者が集まってくる。「客」が集まれば、それだけ利益を得ることになり、新しい高価な機器をいち早く導入することができ、評判を聞きつけた患者が、と、システムは永遠に循環するだろう——要するに医は合理なり、というのが「常斎会」グループ理事長の本心であり信念だった。

だが、トップのプライベートなどは、あまりに巨大化した組織ゆえに人の知るところではない。その点、斎京は合理を取った。養子にするということは、つまり相続人が増えるということであり、親族のあいだによけいなトラブルの火種を撒《ま》く可能性をはらむ。そんなリスクをわざわざ犯すなど、愚か者の所業だ。しかも、相手はどこの馬の骨ともしれない子ども。

瑠加の父親はそう考えたのだった。

もっとも、その方針は、斎京家から高校に通っていた相楽森哉が三年生になるまで、家族にも詳《つまび》らかにされなかった。とりあえず、別荘地から東京に引っ張ってこられた怪我人は、斎京家の母屋に部屋を与えられたし、速やかに転校の手続きが行われて、二学期からは瑠加が通う小学校の五年に編入することになった。

瑠加はすっかり満足していた。もともと、子どもにあまり関心のない親たちだったから、弟が生まれたせいでとは思わない。しかし、家の中に居場所を見つけられないでいたのは事実だった。

買ってもらったばかりの新しいオモチャは、そんな瑠加の心の空虚を埋めてくれるはずだった。瑠加を慰め、楽しませ、なにをしたって怒らない、反抗もしない。強くて大きくて、背中に瑠加を乗せたまま、階段だって上がれる。しかも人形とは違って、反応がある。話しかければ、思いがけない返事をくれるのだ。なんてわくわくすることだろう。クラスの誰だって、こんなの持っていない——。

今考えると笑ってしまう。相楽から表情を奪い、時に感情もない木偶《でく》に仕立て上げたのは、他ならない瑠加自身なのだ。理不尽に耐え、つきつけられた無茶を必ず引き受け、心ない言葉で傷つけられて、そうして相楽は、ゆっくりと心を鎖《とざ》していった。瑠加と相楽の間に起きたのは、それだけのことだった。

それでも、成績は極めて優秀で、スポーツも万能。真面目でしっかりしている。これにもともと恵まれている容姿というメリットが加わるのだから、相楽は無敵だ。どうしたって目立って、中等部に上がる頃には小学校の瑠加のクラスの女子の中にすら、相楽に憧《あこが》れる子がいるというモテようだった。

瑠加としては、やや面白くないなりゆきだ。しかし、その憂さは、後で晴らせばいい。家に帰れば当人がいて、しかもあいつは僕に逆らわない。

考えてみれば、これはアイドルを独占しているのと同じことだ。女子の憧れの的であるあいつが、自分の奴隷だなんて誰も知らない。そんな相楽の私生活を支配していると考えると、おかしくてならなかった。

オモチャはたいそう刺激的だったが、そう長持ちはしなかった。

わがまま放題に、相楽の上に君臨する瑠加の頭から、王冠が転がり落ちたのは瑠加が小学六年、相楽は高校生になった年の夏休み、そう、あれも夏休みの話だ。

学園祭の準備に勤《いそ》しむ高等部の、とある一年生の教室。体育祭の応援席の背景に掲げる大看板を製作中のできごとだった——一人の女子が、ペンキの缶を上履きにひっかけた。飛び散った青いペンキは、彼女の足首から下と、傍で色塗りをしていた男子のワイシャツを汚した。

大あわてで駆け寄った他のクラスメイトたちが、制止も聞かずにシャツを脱がせ、そして本人が慎重に長袖のシャツの下に隠していた秘密が、まさに白日のもとに晒《さら》け出された。

左腕の上腕部から手首の数センチ上までにかけて走る、醜く引き攣った傷痕。

女子たちは悲鳴を上げ、男子も危うくそうなるところだったという。

そして、めいめいがそのことを深く後悔した……センシティブかつ心優しいクラスメイトの一部が、ばたばたと体調不良を訴え、保健室を訪問したり、その中の特に繊細な女子は家に帰るやヒステリーの発作を起こして泣いたり喚《わめ》いたり。少しでも冷静になれば、そこまで騒ぐほどのことではない。そう思い直しただろうに。

騒動が、学校側に伝わるのは早かった。夏休み中で家にいた小学部の児童の耳にもたちまち噂《うわさ》が聞こえてくる。

——相楽は、「不注意からクラスメイトに動揺を与え、また間接的に体調不良の原因を作った」ことで、担任と生徒指導部の教師とともに各家庭に謝罪して回ることになったそうだ。

小学生が聞いたって、おかしな理屈だ。具合が悪くなったクラスの連中は、勝手に倒れただけだろうし、そんなのいちいち謝ってたらきりがない。だいたい、ひとの怪我を見て気分悪いっていうのって、人としてどうよ？

同じ塾に通っている同級生たちは、集中講座の合間合間にその話題を持ち出し、義憤に駆られるまま四年上の先輩たちを非難していた。そうしない者は、知らん顔で机にかじりついていた。

瑠加には、非難も、無視して勉強に熱中することもできなかった。ただ、ふりならできた。相楽森哉が斎京家で瑠加と兄弟同様に暮しているのは、すでに周囲の知るところである。逃げようがなかった。非難する側に調子を合わせる以外は。合わせながら、全身から血の気《け》がひいていくのを感じていた。

いかにあつかましい、傲慢《ごうまん》な子どもだってさすがにわかる。その、先輩方をも怯《おび》えさせるもととなった傷を、相楽に負わせた張本人は自分だということぐらいは。

とんでもないことになったと思った。疚《やま》しさとか罪悪感ではない。珍しく貴重なオモチャだと思って買ってもらったつもりが、それがとんでもない代償を伴っていることに、ようやく気がついたのだ。

あんなの、ねだるんじゃなかった。

次には不安に苛まれた。傷痕を見て、なんともなかったクラスメイトもいるだろう。その人は訊くのではないか。その傷の来歴、いつ、どういう状況で相楽の左腕に貼りついたのかを。

寡黙でよけいなことは喋らない相楽だ。だが、気のおけない相手にならうちあけてしまうかもしれない。それは、斎京瑠加のせいだ。

もしそんなことになったら……瑠加はいらいらと悪い想像を募らせる。そうなったら、自分も同じように、高等部の生徒宅を謝罪して回らされるはめに陥るのではないか。しかも、小学生だということで、保護者の同伴が求められるかもしれない。あの見栄っ張りな母親でも、大型冷蔵庫みたいな父親でも、泡を食ったところを見るだけならそりゃ楽しいが、どちらも傷つけられたプライドを瑠加にぶつけてくるだろう——嫌だ、あんな親たちから叱《しか》られるなんて。子どもの心よりも、自尊心を重んじるような連中だ。それでも自分が逆らえないのは、もっと嫌だ。子どもは親に養ってもらってしか生きていけない。だからといって、横暴を押しつけてくるようなのは、卑怯《ひきょう》だ。

ふと瑠加は、あることに思い当たった。たった今、自分の頭に浮かんだ考えだ。

子どもは、親に養ってもらわなければ生きられない。

だが、相楽にはその親がいない。この場合、瑠加が想像しているのは養い親のほうだったが、どんな処遇を受けようが、ともかくほぼ無条件で——親戚だからという、よくわからない理屈で身よりのない相楽を養育していた人たちがいた。

それを、毟《むし》りとるようにして引き離したのは誰だ。

教室の床が、瑠加のところだけ砂に変わり、さらさらと崩れていく、そんな不安な感じが胸いっぱいに広がった。不安の正体をはっきり知っていたわけではない。ただ、ふと、自分が今生きているこの世界が、急に裏返ってしまうのではないかと感じた。色を失い、モノクロの光景に沈んでいく……枝の間から見える、格子柄の灰色の空。獄舎を取り囲む鉄格子。

どうしてそんな想像をしてしまったのか、ややあって我に返ったときには、瑠加は自分の小心さを小馬鹿にしたいような思いがしたのだが――。

その日から瑠加は、相楽の顔をまともに見ることができなくなった。

塾から帰り、いつものように食卓の自分の場所で静かに坐っている。相楽の顔は落ち着いており、昼間の騒動などまるでなかったというふうだ。そう見て取り、心の中でひそかに安堵した以外、瑠加は二度と相楽を見ない。今日の今日だからしかたない、そう自分に言い聞かせるが、頭の中に「人間にはそれぞれひとつの思いがあり、他人が足を踏み入れてはいけない域がある」といった意味のことが、小学六年生なりの語彙《ごい》と理解力でぐるぐる回っている。それがなんなのかはわからないまま、瑠加は渦巻く感情に押し潰されそうになった。

食事がすむと、瑠加は真っ先に立ち上がった。そのまま、踵をめぐらせる。

「あれ、お兄ちゃま？」

隣で理以が不思議そうな声を出したが、瑠加は弟も無視して一目散に自室へ駆け上がった。

理以が不審がるのも当然で、いつもなら先に食べ終わってもぐずぐずと相楽に絡み、遅れをとりそうになれば、やはり絡んで相楽を引き留めにかかる。どちらにしても、相楽を一度は足蹴《あしげ》にしないことには食事が終わった気がしないのかという勢いの瑠加が、相楽のほうを見ようともせずに退散したのだ。

それでもまだ、自室に逃げこんだときには希望を抱いていた。今日だけだ。今日だけちょっと気まずいが、明日になればまた同じ一日がはじまる。相楽は年齢以上に大人だし、怪我のことをひとに教えたりは、きっとしていない——その段になって、その懸念が復活してきたのだ——し、自分を逆恨みなどしない。瑠加よりずっと頭がよくて身体も大きいし、強い。

少しばかり不快だった一日のことも、すぐ忘れる。

相楽には相楽の考えがあると、見つけたはずの真理を無理やり頭から追い出し、相楽は自分がそうあってほしいと願うこと以外は考えたりしないのだという考えを必死にとりこむ。

瑠加にとっても、人生で最低の夜だった。自分を善人だと思ったことは、その頃も今も、一瞬たりともないが、あの夜の瑠加はことさら酷《ひど》かった。

自分のことしか頭にないから、瑠加は思い浮かべもしなかった。その夜、帰宅した父が昼間のできごとをすっかり知っていて、そこは瑠加の想像通り、いたくプライドを傷つけられたていだったこと。それとは関係なく、と言ったそうだが、相楽を大学までやる心づもりはないから、高校を卒業したら自分の運転手として働くこと。ついては庭の離れに住まいを移すこと……もし瑠加が前もって聞いていたら、たとえ父相手にでも泣きわめくなりして引き留めたに違いない内容を、厳然と相楽に言い渡したことなど、想像すらしなかった。

そのせいで、曖昧《あいまい》なまま放っておいた罪悪感と、瑠加は向かい合わざるを得なくなった。

それからも今も、相楽は瑠加につねに忠実だ。言われたことは必ず実行し、瑠加をけっして否定しない。

父の望む、病院の跡取りにはなれないことがあきらかになって、高等部に上がる頃には長男の尊厳も失って、瑠加はヤケクソ気味に遊び回っていた。

名門校といったって、厳格でまっとうな親のもと、きちんと育てられた者ばかりではない。家庭の環境など二の次で、規定された学費と、規定されてはいないがゆえに天井知らずの寄付金を子どものため——あるいは、自身の虚栄心を満たすために学校につぎこんでくれる親の子なら、誰だって受け入れる。とんだ教育の場なのだ。

その日も、瑠加は幼稚園からずっといっしょの仲間たち、の中で微妙に王道から外れたような、要するに同類たちといっしょに元麻布《もとあざぶ》のクラブで遊んでいた。

クラブデビューは中等部の頃にすませていて、踊るのも音楽も、そこまで好きなわけでもなかったが、VIPルームに陣取り、店で最高額のシャンパンを何本も取って店員が目を白黒させるさまを眺めるのは楽しかった。そんな高級な酒だって、腹の底から旨《うま》いなどとは思っていなかった。

だからつまり、あれは当然の報いだったのだろう。

その日、店でたまたまいっしょになっただけの、素性もわからない男、いちおう大学生だと聞いてはいたが、その真偽を確認したわけでも、確認するほど気になりもしない男の家に瑠加は遊びにいった。湾岸地区のタワーマンションの最上階。その住まいで、金に不自由しない身分だということだけは信用してもいいかと思った。クラブを出るとき、店の前に馴染み深い車が駐《と》まっていたのも、その前でドアに凭れている、背の高い男が訝《いぶか》しげな視線を投げかけてきたのもわかっていたが、いや、わかったからこそ、瑠加は相楽を無視して通り過ぎた。夜も深い時間になると、つねに実家から迎えが出る。過保護だなんて思われたくない。

部屋にはすでに先客がいた。全部で十人前後だっただろうか。その人数でごろごろしていても、まったく狭苦しさを感じさせない、広々としたリビングルーム。真ん中の螺旋《らせん》階段から、ロフトの入り口が見える。

その段になって、瑠加はいっしょにいたはずの仲間たちが誰もいないことに気づいた。意気投合して、皆で押しかけることになったのに、あいつらはどこへ消えたんだ。深く考えるまでもなく、意気投合が見せかけだけのものだったというだけだ。

そのこと自体はべつにどうでもいいが、自分一人要領の悪いまぬけみたいに感じられるのは嫌だ。他の連中が、男をてきとうにやり過ごし、同行するふりをして抜けていったという想像は、瑠加を著しく不機嫌にさせた。

いや、それ以上に、なにかヤバそうな男女の中に放りこまれたと、どう見ても思えるのが気になった。

後悔……したのだと思う。ただ、認めたくはなかった。しかし、現実と正対せざるを得ないときがわりと早めにきた。隣でがなっていたうるさい女が、急におとなしくなったかと思うととろんとした目をこちらに向けてくる。はっとして周囲を見回すと、皆、同じようなけだるさをまとっていた。香を焚くような小さい皿になにかがくべられ、短く切ったストローを鼻につっこんだ男が、反対側の鼻の穴をふさいで皿で焚かれる煙を吸いこんでいる――。

さすがにやばいと感じた。なにをしているかなんて、考えるまでもない。あと三十分もしないうちに、リビングはソドムと化すだろう。

店でしこたま詰めこんで、この部屋に来てからも三杯ほど空にした細長いグラスの酒が、急に忌まわしいものに思えてきた。同時に、クラブの前ですれ違った、咎《とが》めるような視線が目裏に再生される。

とりあえずトイレに飛びこんで、瑠加は相楽の携帯を鳴らした。まさか未だに、店の前で待っているだなんて思ってはいない。だが、この危機的状況で、すがるものは他になかった。親を頼るなんていう選択肢は、なかった。

ツーコールで、相楽が出る。

相当、あわてていたと思う。みっともないところを見せたのだろう。相楽が冷静な声で、「すぐに行く」と言うのを聞いて、ほっとしてトイレの床にへたりこむ程度には、力が抜けていた。油断したともいえる。事実、ロックをかけたはずのドアが開き、この部屋の主がへらへらした笑みを満面に湛えて侵入してきたのを見て、瑠加は己の甘さを呪《のろ》いたくなった……ロックをしっかりかけていなかったのだ。

奴は正気とは思えなかった。リビングの連中と同じく、違法なものを吸いこんで、すっかりハイになっている。その種の万能感は、噂だけならつねに耳にしていた。いくらろくでなしの坊ちゃんとはいえ、自分たちは名門の生まれ、迂闊《うかつ》にやばい薬なんか身体に取りこむようなことはしないよな！

日頃、軽蔑《けいべつ》していたような連中と同等のレベルに落ちた……いや、落ちかけている。

瑠加は必死に、現実に抗《あらが》った。片方の鼻の穴を押さえたまま追いかけてくる男から逃げ、なんとか玄関まで数メートルの廊下に出た。ケケケケケと、物の怪《け》よろしい笑い声を上げながら、男が背中に迫っている。相楽はたった今、クラブ前から移動したばかりだ。涙が出そうになる。いくらあいつがスーパーマンだからって、今度ばかりは助からない……絶対に間に合わない。玄関のドアを開けたところで俺はあの男に捕まって、リビングの奴らと同じ状態にされるのだ。いや、あれは一吸いでそうとうハイになるらしいから、屈辱感もそれほど味わわずにすむのか――。

あきらめた瑠加の指が、ドアノブにかかる。頑丈そうなステンレスの握りを捻る。ドアが開く……。

馴染んだ、黒々とした眸が、瑠加を捕えた。

瑠加は、目を見開く。どうして今、ここにこいつがいるんだ……？

頭を悩ませる必要もない。相楽は自分といっしょに来ていたのだ。店の前で待機し、瑠加が押しこめられた車の後を尾《つ》け……連絡があるまで、マンションの下で待っていたのだ。

おまえ、電話がこなければ、一晩中そこに突っ立っているつもりだったのか？

そんな問いは、投げかけるほうがどうかしているというものだ。

事実、相楽は瑠加が想像した通りの行動をとったし……ＳＯＳを受けてすぐ、最上階に駆け上がった。

むろん、オートロックだ。どうやって、あのとき相楽がやってきたのか、どんな手段を使えばあれが可能だったのか。

オートロックって、なんなのだろう。

なんのために、開発されたシステムなのかも――。

どうだっていい。あのとき相楽は、瑠加の望んだ通りに動いた。瑠加自身、そんなのが可能だなんて思いもしなかったなりゆき。

瑠加のおかげでひっぱりこまれた、馴れない環境のまっただ中にあった。瑠加が十六、相楽は二十歳。父親の運転手として斎京家に仕えて二年というところだったか。

もはや相楽は、瑠加の所有物ではない。父親の強権で、主権が移行した。ほんらい、瑠加の意のままに動くことなど課せられてはいない。だが、その分、格段に生きにくくなった現実をつっきり、相楽は瑠加を助けるために駆けつけた。

死んだような目をしているくせに。

『瑠加！　つかまれ！』

ドアの隙間から手を伸ばし、すがる瑠加を引っ張った。あの腕の強さは、現実のものだった。

あまりにリアルで、温かかったから。

あの手に、これからもずっと摑まっていてもいいのではないだろうか——。

——そんな幻覚に、瑠加は囚《とら》われてしまった。

3

「いやあ、短期間でこれだけまとめていただいて、助かりましたよ」

昼下がりのカフェ、笹沢の調子のいい声が、青空に吸いこまれていく。

テラス席で向かい合い、瑠加はいささか胡散臭い気持ちで笹沢の賛辞を聞いた。

褒められるほどのことはない。今回、瑠加が請け負ったのは、本格的な翻訳作業の前段階、テキストをざっと訳して概要をまとめるだけの作業である。だけ、といってもA4用紙で五十枚ほどの束であるが。

笹沢がこれを本来の翻訳者に渡し、相手は瑠加がまとめたものを参考にしながら翻訳していく──要するに、カンニングペーパー作りである。

「ほんと池貝《いけがい》先生は手が遅くていらっしゃるんで、いつも締め切り前がばたばたしちゃって大変なんですよ。ここは地獄の何丁目だって感じで」

笹沢の口から出た名は、この小説の「訳者」となる著名な翻訳家だ。SFからミステリーまでカバーし、数々の名訳を生んでいる。どちらかといえば、アクションものが得意だろうか。今回、瑠加が下訳をした作品も、アメリカの代表的な作家による冒険小説だった。

瑠加にしてみれば、遅筆な大御所のせいでどれだけ笹沢や編集部が困ろうと関係ない。だがとりあえず、微笑んでおく。

「でも、池貝先生の訳文はいつも素晴らしいです。僕も、学生時代はずいぶん読ませていただきました」

頭の中には、エコーのかかった「地獄」というフレーズが何度もリフレインしていた。

あるいは地獄なのだろうか。自分が今いるこの世界は。

果てはあるのか。螺旋の間をゆるやかに回りながら続く、この落下に。

「いやいや。池貝先生がお聞きになったら、きっと喜ばれますよ。しかも、下訳したのがこんなアイドルばりの美形だなんて知った日には。自宅に招かれて、自慢のワインセラーに案内されるかもしれない」

虚《うつ》ろな言葉が、頭のどこかに響いている。瑠加はただ苦笑して、「それは勘弁して下さいよ」と返すほかはない。胸の中ではもっと強い調子で「やめろよ」と言っているなどとは、目の前にいる善良な男は知らないだろう。

「もう、斎京さんって、ほんと欲がないというか、飄々《ひょうひょう》としておられるというか。僕がそのルックスだったら、あちこちばりばり売りこんで……いや、ほんと斎京さん、何か書かれませんか？　うちで。引っこんでる仕事じゃもったいないですよ。若いし、社を挙げて売り出しますから！」

聞けば聞くほど、文才よりも容姿が、こと瑠加の場合にはセールスポイントだという話だ。べつに今さら腹を立てもしない。しかし、これ以上よけいな人間関係に巻きこむのはやめろ。社を挙げて売り出すなら、モデルとか芸能人とか、見てくれがよくてそこそこ書けるのがいくらでもいるだろうからそちらにすればいいのだ。

苦情は胸にしまい、「飄々と」笹沢を躱《かわ》していたが、そのうち相手はとんでもないことを言い出す。

「時にご相談なんですけどね」

と、身を乗り出してきた。

「瀬戸川《せとがわ》先生が、今大変なスランプでいらっしゃるんですよ。あ、ご存じですよね、瀬戸川先生」

「……瀬戸川肇《はじめ》……?」

「そうそう、その瀬戸川先生です」

売れっ子のミステリー作家だ。ベテランの類《たぐい》に入るだろう。仕事の関係で、瑠加は書店のそのコーナーには、できるだけ立ち寄ることにしている。購入して読むものはほんの一握りだが、そういえば瀬戸川肇の新作は最近目にしていないかもしれない。

「まあ、長くやっておられると、そういうこともおありなんじゃないですか」

その瀬戸川と、瑠加はなんの関係もない。なぜ急に、ここで瀬戸川の名が飛び出したのかと、警戒心を帯びつつ、瑠加は笹沢の顔を見る。

「いやいや、それがかなり深刻な状態らしく。あ、いちおう僕が担当しているんですが――僕に変わってから一本も書いていただけてないいんですよね」

瑠加にはやはり、そうなんですねとしか思えない。瀬戸川肇は、いわゆる本格ものの書き手である。つねに新しいトリックを考え続けなければならないのだろうと想像でき、なら、スランプにもなるだろうと考える。だが他人《ひと》ごとだ。

笹沢は、しばし間を置いてから、なにごとか決意したふうに面を上げた。

「それで、斎京さんにお願いしたいのはこれなんですよ」

そう言って、重そうなショルダーバッグから取り出したのは、三冊ほどの雑誌だった。

瑠加のほうに押してよこしたところを見れば、洋書である。詳しくはわからないが、いずれも英語圏で発行されたものらしかった。

嫌な予感がした。

「幾つか取り寄せてみたんです。で、斎京さんに読んでいただいてですね、その、プロットだとかメイントリック……特にトリックを重点的にまとめていただければと」

瑠加は、内心唖然《あぜん》としながら笹沢の声を聞いていた。

「――それっていうのは、つまり」

さすがに言い淀《よど》む。

「いや、剽窃《ひょうせつ》とか盗作とかいうんじゃありませんから！」

涼しい日だったが、笹沢はこめかみに汗を浮かべている。そうしながら、さかんに手を振って否定する。

「よくある、パクリ騒ぎなんかには、けっして発展しません。それは保証します。ああいうのはもう、レベルが違いますから。ただちょっと、ヒントをですね……」

「ヒントだって、他人のアイデアだと思いますけど」

あきれていた。しかし、雑誌を見たときにうっすら予想していたことでもあった。的中したって嬉しくはない予想だが。瑠加は、なるべく棘《とげ》のない口調を心がけながら反論した。

「いやいや。だって、古今東西、今もう新しいトリックの考案なんてほとんどないじゃないですか。ほとんどが、既成のトリックをアレンジしたり、複数のトリックを組み合わせたり……そうそう、順列組み合わせですよ、今の本格ミステリーのほとんどは」

「では、ほとんどの作家が、みんなカンニングしてるんですか？」

相手がやたらと使うので、瑠加も「ほとんど」を入れて言葉を返した。

「カンニングって……ですから、ちょっとヒントをお出ししたいだけなんですよ、僕は、瀬戸川さんに。こういう方向でいかがですか？　みたいな。斎京さんに訳していただいたトリックの全部は出しません。あとは瀬戸川さんに独自のアレンジを施していただいて、完成したときはもう、別物になっているはず」

「そのアレンジが、元ネタに合致していたら、別のアレンジをお願いするんですか？」

皮肉で言ったのだが、笹沢は「そ、それは」といったん詰まった後、

「その場合は、偶然の一致ということですから、もちろん瀬戸川先生本人のアイデアとして採用させていただきますよ」

なぜか胸を張るから、瑠加には編集者という人種がますますわからなくなる。それとも、目の前の男のメンタリティが特殊なのだろうか。

「そういうの、詭弁《きべん》っていうんじゃないですか」

急激に見舞われた不信感が、なお瑠加に反論を続けさせた。

笹沢は、はあ、とおおげさなため息をつく。

「――まあ、斎京さんみたいに苦労もなく、恵まれた環境で生きてこられた方にはおわかりにはならないんでしょうが、いろいろとあるんですよ、この世界には。食べていかなきゃならないですからねえ……」

言い聞かせているようで、実はなにも言ってはいない。瑠加は目がくらむほどの嫌悪をおぼえた。まただ。また、同じ理屈で置いていかれようとしている。恵まれているから、不安のない生活を約束されているから、容姿も含め家庭環境や実家の資産という、瑠加にはどうにもならない要素を数え上げて、おまえは文句を言うなと押しつけてくる。汚いことやいやらしいことには、もともと関係がないのだろうと勝手に決めつける。濁りや淀《よど》みが、彼らの

連帯の環だ。しょせん、温室育ちのお姫様にはわかりませんよ。

「僕は、道楽で仕事をしているつもりはありませんが」

歪《ゆが》みこそが人生の王道といわんばかりの相手に、正攻法で立ち向かうなど無駄な努力だ。そうわかっていても、瑠加はつい言い返してしまう。苦労していない人間には、仕事をする資格などないというのか。

すると笹沢は、ぱっと目を輝かせた。なぜか身を乗り出してくる。

「それじゃ、道楽ではできない部分のお仕事もしてもらえますよね？」

筋もなにもない。どこからでも、瑠加にその汚れ仕事をさせる方向に持っていく気だ。もうなにも言いたくはなかったが、なし崩し的に受け容れるわけにはいかなかった。

「どうしてそうなるんですか」

これで最後のつもりだった。

「無理です。他の人を探して下さい——苦労していて、いろいろやらないと食べていけないような方に」

こちらを見つめる目に、一瞬憎悪が燃え上がり、瑠加はよけいなことを言ったと後悔した。

「——そういうことなら、この先もうちの仕事を続けていただけるかどうか、難しくなってきますけどね」

笹沢は、急によそよそしい口調で言った。その様子は、瑠加がはじめて見るものだった。

能面のような無表情、淡々と吐かれる脅し文句。

「まあ、わが社とは縁が切れても、斎京さんならいくらでもオファーがあるでしょうし。見た目はいいし、話題性じゅうぶんですしね」

遠ざかっていく背中を、瑠加は半ば茫然《ぼうぜん》として見送った。長いつきあいとはいえないものの、笹沢の本性など今まで考えてみたこともない。能天気で調子がよく、いかにも大手出版社の編集者という軽やかさ。たしか、大学は付属上がりの有名私大だった。

そういう意味では、笹沢だって恵まれていないとはいえないではないか。

自分よりも「恵まれている」と感じたら、その相手はすぐに笹沢にとって苦労していない、ダメな人間ということになるのか。笹沢は、ほんとうはずっと瑠加を羨み、嫉妬《しっと》しながら軽蔑していたのかもしれない。今ようやく、そこに思い至った。

善良な男どころか、とんでもないジョーカーだった。自分の見る目のなさに、瑠加はがっかりする。たしかに、笹沢のような食わせ者からすれば、容易《たやす》くつけこめると見えたのだろう。

思い出したように、怒りがこみ上げてきた。あんな奴から見下されていたわけだ。利用しやすいと思われていたのだ。一歩間違えば——いや、間違わなくたって、立派な犯罪ではないか。未訳の海外小説から、アイデアをいただこうだなんて。

誰が盗作の片棒など担ぎたいものか。自分は間違っていない——だが、それを自身の内側に向けて確認しなければならないということは、その正しさは実は瑠加の思う正義なだけなのか。

そんなはずがないと思いながらも、誰かに同意してほしかった。

誰か、と考えてすぐに浮かんだ顔に瑠加は苦笑する。誰かになんて、不確定な表現を使ってみたところで、それはただ一人を指す。


相楽が借りているアパートは、実家から地下鉄で四駅ほど行ったところに建つ、古びた二階建てだった。

近隣に立ち並ぶ家々も、歴史のありそうな一軒家が多い町だ。そういう意味で、そのアパートが周囲から浮いて見えるということはない。

『ひのき荘』

ひびの入った灰色の外壁に、雨風に晒され、かすれた文字でそう書いてある。

平日の日中だ。相楽は仕事をしている。一日の勤めを終え、帰宅する先は必ず斎京家の離れであり、ここに帰ってくることはない。

相楽がこのアパートを借りたのは、二年前のことらしい——気がついて、問い詰めた瑠加にあっさり教えてくれた。休日の昼間に、たまにどこかへ出かけているらしいのが気になって、ある日後をつけたら、相楽はここに入っていった。

すかさずその部屋のドアを叩いた瑠加に、相楽は驚いた顔になったものの、訊いたことには素直に答える。

離れには置けなくて——と、やや恥ずかしげに、1Kの簡素な六畳間には不似合いな仏壇を指した。

真新しい白木の仏壇は、相楽が両親のために購入したものだった。位牌《いはい》が二つ、並べて置いてある。

べつに、離れだっていいじゃん。おまえの部屋だろ。

もっと淫靡《いんび》な秘密を予想した自分がどうにもゲスに思えて、反動で瑠加の声は不機嫌なものになった。

それに対する返事はなく、相楽はただ曖昧な笑みを口許に刻んだだけだった。

当然、その日のうちに合い鍵を作らせ、瑠加は相楽がいないときも、気が向けばアパートに足を運ぶようになった。実家の部屋にいたくないのは、瑠加だって同じなのだ。

鉄製の外階段を上がり、向かって左から二番目が、相楽の部屋だ。表札はなく、いかにも隠れ家めいている。

べこべこしたドアを開けると、すぐ左手が流し台とコンロのあるキッチンスペースになっている。コンロの上にはやかんがのっていて、狭い作業台にマグカップが二つ、伏せて置かれていた。

それが目に入ると、瑠加はひとりでににんまりする。色違いのカップは、瑠加がここにくるようになって、相楽が用意してくれたものだ。百円均一のショップで購入した廉価品だと相楽はきまり悪げに教えたが、瑠加が冷やかしたのは値段のことではない。

六畳間に入り、瑠加は窓際の仏壇にまず、手を合わせた。家の仏間になど、法事のときぐらいしか足を踏み入れない瑠加だが、窓際のいちばん日当たりのいい場所に置かれたそれは、嫌でも真っ先に目に入るから、線香の一本も上げておかなければ罰があたりそうではないか。

仏壇のほかには、テレビと丸テーブルぐらいしかない。ほんとうに相楽は、仏間ぐらいのつもりでここを借りているようだ。テレビは今どき珍しい、十六インチのブラウン管。

薄い壁の向こうから、隣の部屋の気配が伝わってくる。キッチンを使っているのだろう、水音が耳につく。瑠加はテーブルの上のリモコンを手にして、とりあえず電源を入れた。

昼下がりのワイドショーが流れ出す。芸能人のスキャンダルに興味はないが、熱愛と聞いてつい目を向け、気がついたらかなり真剣に見入ってしまっていた。

——だって毎日電話がかかってきて、好き好き言われるんですよぉ。まあ、まずは奴隷からって感じですかね。

「どSキャラ」でおなじみらしい、瑠加でも知っているグラビア出身のタレントだった。アニメ声というのだろうか、脳髄にキンキン響く。

最近つきあいはじめたという、お笑いコンビのボケ担当のことを、間延びした調子でさかんにのろけているのだった。真夜中とかでもぉ、どこにいてもぉ、迎えにきてくれるんですよぉ。なんでもしてくれるからぁ、便利って感じ？

甲高い笑い声を上げる彼女は、男の自分に対する愛情をなんら疑ってはいない様子だ。

それが、瑠加には滑稽だった。真夜中だろうがどこにいようが、迎えにくる男は普通にいるが、べつだん愛情からの行動とは限らない。それはただおまえを心配しているだけだよ。

そんなのがわかるのは、瑠加自身におぼえがあるからだった。むろん、おぼえがあるのはシチュエーションだけのことで、タレントと芸人の仲は瑠加のケースよりずっと進んでいるのだろう。

相楽の面影が脳裏に浮かぶと、なんとなくいまいましくなった。えー、結婚ですかぁ？ うーん、あるかも。うそうそ、ビミョー。彼女がそう言ったときには完全にかちんときて、そそくさとチャンネルを変える。

結婚か……まあ、そうなるんだろうな。料理番組に変わったテレビから目を逸らし、頭の中ではまだ同じことを考えている。男女なら、行き着くところは決まっている。好き好き言って盛り上がるのも、あしらいながらハマっていくのも。双方が、同じ未来を見据えている。

明確なゴールがあるぶん、俺より芸人のほうがまだましだ。

ごく自然にそう思い、瑠加はぎょっとした。おい、それじゃまるであべこべじゃないか。

気まぐれを押しつけるのはこっち、従うのはあっち。昔からの力関係。そのはずなのに、なんでいつのまにか自分を下に置いて考えているのだ。

すっかり滅入って、膝を抱え直したとき、玄関のほうでがちゃがちゃいう音がした。弾《はじ》かれたように、瑠加は面を上げる。ドアが開いて、相楽の背の高いシルエットがふらり、という感じで入ってきた。

その顔がこちらを向き、やや驚いたふうに動きがいったん止まるのも、いつものことだった。

「——きてたのか」

いつも通り、ということが今日はなぜか悔しい。

「悪いかよ」

「いや。きてると思わなかったから」

なんでそう思わないんだよ、と絡みたくなったものの、そんなことのためにここへきたわけではない。

相楽はコンロに火をつけ、伏せてあったカップを表に向ける。プラケースからインスタントコーヒーのスティックを二本出す。瑠加が持ちこんだ、砂糖もミルクもあらかじめ配合されているタイプのやつだ。

用意だけして、ようやく六畳間に入ってきた。お仕着せの紺色のスーツ姿で、ジャケットのポケットから白手袋が見えていた。勤務中なのだ。

「——サボリ」

「休憩時間だから」

瑠加の、ちょっとした悪態に苦笑をもって答える。便利って感じ？　キンキン声が耳底で蘇る。

「親父、会議かなんか？」

うなずいて、相楽は仏壇の前に坐る。瑠加が上げた線香は、もう燃えつきてしまった。

この部屋で、二人だけのひとときを過ごすのは、もう何度目だろう。目を閉じて合掌する、端整な横顔を眺めつつ思った。何度向かいあっても、なにも進まない。目指すゴールがないからなのだろうか。

仏壇を拝んだ後、相楽はまた流しのほうへ行く。湯気の立つカップを二つとも持って戻ってきた。

瑠加は、わざと相楽のカップを自分のほうに引き寄せた。ちょっと目を瞠るようにしたものの、相楽も瑠加のカップをとる。なんでもなさそうにカップの縁に口をつけるのを見て、瑠加の心臓が変なふうに鳴った――ギョクリ、と捩じれながら打つような音。

無理やり視線を引き剝《は》がし、顔を斜めにして外を見るふりをした。

「なにかあったのか」

声に頭をめぐらすと、相楽はこちらを見ていた。心配、しているのだろうか。

「……ああ。まあ」

瑠加は、さきほどの笹沢とのやりとりを再現した。誰もまだ読んだことのない、海外の未訳作品からヒントを得るために、という依頼内容を繰り返すときにはあらためて腹立ちがこみ上げてきた。

相楽は、眉をひそめるようにして聞いていたが、瑠加がその仕事を蹴ったことを聞くと愁眉《しゅうび》を開いた。

「それは、請けなくてよかった」

「だよなあ」

瑠加は嬉しくなって、弾んだ声を出した。

「そんな泥棒みたいなまねするなんて、信じられないだろ。いくらアイデアが浮かばないったって、やっていいことと悪いことがあるってんだよ。浮かばないのは、才能が枯渇したってことじゃん。あきらめて、バイトでもすればいいのに」

「いや、それもどうかとは思うが」

言いたいことを言ってすっきりした瑠加だったが、昂揚《こうよう》した気分に水をかけられた気になった。

「——俺が悪いっていうのかよ?」

つい声を尖らせてしまう。

「そうじゃない。断わったことは悪くない……今調子が悪くて、アイデアが出ないからって、長年続けてきた仕事を辞めるかどうかは、その作家が決めることだ」

穏やかな調子ではあったが、相楽の言葉は揺るがない意思のこもったものだったから、瑠加は押し黙る。

「作家になりたいと夢を見て――実際それを叶えて――今まで自力でやってきたんだ。周囲から辞めろなんて言われたら……それでなくても心が弱っているときだ。絶望してしまうかもしれない」

「……今までだって、全部自力だったとは限らないだろ」

相楽の言うことはよくわかった。瑠加だって、本気で辞めろと口にしたわけではない。が、そうとれる発言をしたのは事実だし、それに対して相楽が意見を異にするのも本人の自由だ。理性ではそう思っていても、相楽が反対意見を唱えたことに瑠加はいちじるしく気分を害された。すでに、笹沢の無茶な要望も瀬戸川肇の深刻なスランプもどうでもよくなっていたが、相楽を否定するためにさらなる悪意ある言葉が必要だった。

「そういうのは――俺にはよくわからないが……」

当然、たしなめてくるかと思ったが、相楽の返しは瑠加にとって予想外だった。

「自力じゃないさ、決まってる」

予定を変え、決めつけた。頭の隅では、違う、けっしてそういうことが言いたいわけじゃないんだとわめきたくていらいらしている。

相楽は微笑んだ。瑠加ははっとしてその顔を凝視する。

「なにがおかしいんだよ」

馬鹿にしたふうな笑いでは、どう見てもなかった。しかし瑠加は、そう受け取ったというていを装う。

「いや……、潔癖なんだなと思って」

「嫌味？」

「そうじゃない。ただ」

「ただ？」

「あまりにきれいな水には、かえって魚は棲《す》みにくい——ということわざだったか格言だったかがあったな、と思って」

「…………」

聞いたことがあるような気がする。なんだっけ。

瑠加は内心首を捻ったが、すぐにそんなのは問題ではないと思い直した。

「あ、故事成語か。『漢語』だったかな。水清ければ魚棲まず」

「……おまえは物知りだよ、どうせ」

相楽がこちらを見て、瑠加は一瞬ひやりとした。また、言うべきでないことを口走ってしまったか？　——自分のせいで、進学をあきらめさせられた十一年前のできごと。

だが、そうではなかった。相楽は真顔のまま、

「後で調べておく」

まったくずれた発言だったのに、ほっと安堵してしまう自分が疎ましい。瑠加はおぼえず、口を尖らせてしまっていたようだ。

「そんなタコみたいに口突き出してると、元に戻らなくなるぞ」

と、子どもにするような注意まで受けてしまった。瑠加はますます、仏頂面になる己を感じる。

「……ガキ扱い」

つぶやいてみたが、その通りだ。二十三歳にしては稚《つたな》い自分の発想や思考の浅さを、知らないわけではない。

これだから、笹沢にあんな嫌味を言われるのかもしれない、といつになく弱気になってしまった。苦労しすぎないでいると、人間は成長しないのだろうか。

「清いのが悪いと言ったわけじゃない」

すると、フォローするように相楽がそうつなげた。

「むしろ、瑠加はそれでいい。笹沢……さんの要求が正当なものじゃないのは、たしかだ。編集者からもらったヒントが他人のアイデアじゃ、作家のほうだって災難だろう」

結局、瑠加の気分を急降下させるのも上向かせるのも、この男の態度や言葉ひとつなのだ。

自由を制限されていると感じる。それだって、自分が相楽を閉じ込めた檻に比べれば、いたってささやかな束縛。

小学二年生のときだった。相楽が斎京家にきて、一年が過ぎた頃。

二学期がはじまってまもなかったと思う。午前中で授業を終え、瑠加は校舎裏で遊んでいた。

小学部は三つの棟から成っていて、それぞれ低学年と高学年の教室が入っている。教室棟と特別教室の入った棟は渡り廊下で繋がっており、その渡り廊下のちょうど横手にちょっとした遊び場があった。ブランコやシーソーといった、運動場にはない遊具が置かれている。二年生だったが、瑠加たちはブランコ遊びなどにはもう飽きていた。それより、蓮《はす》の花が浮いたコンクリートの水槽のへりを渡るのに夢中になっていた。

夏休みで掃除を怠っていたのだろうか、あまりきれいな水ではなかった。大量の藻と泥で水は濁り、棲んでいるはずの小魚の影も見つけることはできない。

すぐにへりによじ上り、十センチほどの幅のそこを歩く遊びが考案される。子どもの足には狭すぎるということはないものの、歩くにたやすいわけでもない。両手を広げてバランスをとりながらでないと、すぐに身体がぐらついてしまう。ところどころ、水ゴケで足元がぬるつくのも注意しなければならないポイントだった。

わいわい騒ぎながら何周もしているうち、だいぶ慣れてきて、瑠加は手を下ろし、普通に歩くようにして大股《おおまた》に歩を運びはじめた。後の連中も、皆そのまねをする。

そうして、飽きずに何周めに入ったときだっただろう。

靴の裏がだいぶ滑るようになったと思ってはいた。しかし、自分がヘタを打つなどとは想像もしていなかった。慢心があったのだろう。

水ゴケを縁の内側に払い落とすようにしていた瑠加の足元が、つるりと滑った。

踏ん張っていたほうの足が、急にバランスを崩したのだ。あわてて浮かせていた足を戻そうとしたが、遅かった。瑠加はたちまち、水槽の中に落下する。それでも、最後のところで縁に手をつくことができたから、水に嵌《は》まったのは、浮かせていた左足だけだった。

うわっと、仲間たちが声を上げた。瑠加は情けない気持ちで彼らを見上げた。水はぬるく、瑠加の背丈でも底に着くくらい浅い水槽だったが、それで不幸から逃げられたはずもない。

あーあ。

瑠加は左足を持ち上げ、肩をすくめた。びっしょびしょ。実際にはかなり動揺していたが、仲間たちの手前、あくまで想定内のできごととしてふるまう必要がある。

水槽から飛び下り、ブランコのポールに手をついて靴を脱ぐ。

ルカ、と呼ぶ声がしたのはそのときだった。

仲間の声ではない――毎日聞いている、落ち着いた声色。

振り返らなくてもわかっていたが、どういう偶然なんだと驚いていた。相楽は、友人らしいメガネの少年と連れ立って、どうやら特別棟の渡り廊下から瑠加を見かけたらしい。

ルカのお兄さん？　仲間たちがざわつきはじめ、もの珍しげに相楽を見る。学童年齢における四学年の差は大きい。ただでさえ六年生はもう大人に感じる上、相楽は特別背も高く、最初に瑠加が見誤った通り、中学生にも見えたから、彼らのまなざしはすぐに尊敬のそれに変わる。そのことが、瑠加の神経をいちじるしく弾いた。

「――落っこっちゃった」

瑠加は内心、ほとんど怒っていたが、人前でかんしゃくを起こすわけにはいかない。見ればわかることで、実際、相楽はもう足早にこちらに近づいてきていた。光のある、強い目が瑠加に注がれ、瑠加はわずかに後ずさる。

すぐに視線の攻防は過ぎ、かがみこんだ相楽が、上履きを無造作に脱ぎ捨て、ソックスを足から抜きとるのを瑠加はぼんやり眺めていた。

「これ、履いとけ」

「え、いいよそんな」

思いがけない展開に、瑠加は狼狽《ろうばい》を隠さなかった。他人がじかに身につけていたものを自分の身に、という生理的な理由でのためらいは不思議となく、ただそこまでさせるのはと思った。同じ家で暮すようになって一年、数々の横暴やわがままを、瑠加は相楽に受け容れさ

せている。ほぼ一方的な支配関係――とはいえ、子どものことで他愛もない命令ばかりだったが。

さすがに遠慮した瑠加だったが、相楽の男らしく整った顔に、かすかな哀《かな》しみのような色が過《よぎ》るのを見てますますうろたえた。

「もう帰るだけだし……六年は、午後から授業あるんでしょ?」

しどろもどろになりつつ、「そうではない」ことを瑠加なりの誠意をもって伝える。

「俺は、あと体育だけで、今日は水泳だから」

相楽は、哀しみをまとったままの目で言う。瑠加は胸の高鳴りをおぼえながら、うっとりとその目を見る。

「うん――じゃ、履く」

「ちょっとでかいと思うけど、帰るまで我慢な」

そして相楽は、機敏な動作で身を翻し、左足だけ靴下を履かずに上履きをつっかけた姿で友人のところに戻っていった。日陰と日なたの境目に、相手のメガネのフレームが光る。

いかにも勉強のできそうな顔をした友人だった。そうか、あいつはああいう感じの奴を友だちにするんだ。

瑠加は思い、なんとなく気分を害された気になった。瑠加を捕えたあの、哀しみの目を、相楽はあのメガネにも向けるのだろうか。

そんなはずはないと思いながら、でも自信は持てなかった。帰ったら、問い詰めてやろう。気がつくと、仲間たちがいっせいに瑠加のほうを見ていた。一人残らず、羨ましげな顔だった。

「今の、ルカの兄さん？　すっごいイケメン」

「馬鹿。イケメン以前に、めちゃめちゃ優しいんだよ。いいな、あんな兄さんがいて」

「うちのバカ姉と取り替えてほしいよ。ルカの兄さん」

「や、兄さんっていうか……」

血なんか繋がっていない。あれは去年、父親にねだって買ってもらったもので、兄でも家族でもない。

と、いうことを、この育ちがよく生活の心配などいっさいないクラスメイトたちに、育ちがよく生活に心配のない斎京瑠加が、いきなり明かすわけにはいかない。それは、上品か下品かでいえば下品なほうに入ることだから。子どもなりの文脈でそう考え、瑠加はわざと口ごもった。

すると、

「お兄さんじゃないよ。僕、知ってるもん。六年三組だけど、斎京っていう名字じゃないんだもん」

どこにでも事情通はいるもので、残る一人が瑠加のスポークスマンとして名乗りを上げた。

「え、でもルカんちに住んでるんだろ」

「家はいっしょだけど、違うもん。お母さんが言ってたもん」

ふたたび全員の視線が瑠加に集まって、皆が本人の審判を待っているのがわかる。

瑠加はちょっと迷ったふりをしてから、

「うん。お兄さんじゃあないんだ、遠縁の子なんだ」

と、親がそういうことにしている設定を告げる。あとはもう、なにも言うこともなければ、耳に入れなければならないこともない。

「トーエン？　トーエンてなに？」

「親戚みたいなもんじゃないの」

「親戚ってなに」

「は？　それ知らないのはまずいだろう」

企《たくら》んだ通りの進行に、瑠加は満足し、がやがやと脱線していく仲間たちの会話を聞き流した。

だけど、さっきの相楽の顔はよかった。思い出すと、おしっこを我慢しているときのような、痛みとむず痒《がゆ》さが混ざったあの感じが下腹に渦を巻きはじめる。

八歳。小学二年生。まだ性的なことはなに一つ知らなくて、相楽を思うと漲《みなぎ》っていくこの感じがなんであるのか、瑠加にはわからない。ただ、武骨な優しさは思っていた以上だった。忠実で正直。そして優しい。あんなの誰も持ってない。そのことが、くすぐられるみたいに快い。

瑠加は寝返りを打って、ヘッドボードの上のチェストに置いた時計を見上げた。三時三十三分。デジタル時計は好きではないが、時たまこういうことがあるから、得をした気分になる。ぞろ目の記念に、起きることにする。なかなか寝つけない上に、うとうとしてはすぐ目が覚める。遠足を待っている小学生かと思うが、遠足に匹敵するようなイベントの予定はない。

瑠加はベッドに起き上がり、大きく伸びをした。眠気はないのに、あくびは出るから笑ってしまう。

とはいえ、起きたところで特にすべきこともないんだけどね。

思ったが、そもそも自分に「しなければならないこと」がいくつあるんだと考えると、ばかでかい海の真ん中で浮輪につかまりながら半分溺《おぼ》れかけているような心もとなさがじわじわ攻めてくる。

笹沢とは、あの後会っていない。入っている仕事は、あれが起きる前から決まっていたものだけで、新しいのは入ってこなくなった。偶然だと思いたいが、春風舞うオープンテラスには不似合いな捨てゼリフの通り、瑠加に新しい仕事は回さないことにしたのかもしれない。

脅しは、脅しだけじゃないんだぞということだ。

それならそれで、別にいい。そう考えている時点で、笹沢の思うつぼなのだろう。だが気にしたらしたで、やっぱり笹沢の溜飲《りゅういん》を下げさせる結果になる。

だから考えない、というのは防戦一方のまずい試合運びなのだろう。しかし、ほかにどうすればいいのか。

わかったことは、自分などとるに足らない社会のゴミ以下の存在だという真実。そんなのは、教えていただかなくても知っている。それでも、なんとかしたくて、いちおうつきの「翻訳業」を看板に掲げてみたが……瑠加程度の仕事なら、世の中にいくらでもできる者がいるというわけだ。交換不可能の唯一無二、なんて域までを欲張ってはいない。それでも、おまえはダメだとこうして言われるオチ。

心底馬鹿らしくなったので、無理にでも寝ようかと思ったとき、窓の外でかすかなエンジン音が聞こえた。

正確には、聞こえたような気がした、だったが、瑠加は窓際に寄るとブラインドの羽根を少し広げてみた。

明け方近くの、濃い群青色の空に、門柱のマリンライトが黄色い光の環《わ》を映している。

その光に浮かび上がったのは、前庭の車寄せの前に停まった車だ。ミッドナイトブルーのステーションワゴンは、去年買い換えたばかりの父親の車だった。もっぱら、ゴルフ用に使っている。

車種は変わっても、運転手は一人だ。瑠加のところからは、主に相楽の頭頂部が動いているのが見える。時おり腕が伸びて、運転席のどこかを操作したり、確認しているらしい動作が伝わってくる。

視線を動かすと、アプローチの敷石の上にゴルフバッグがある。瑠加はブラインドに挟んでいた指を離し、足早に部屋を出た。

足音を忍ばせながら、階段を降りる。玄関の扉は、左半分だけが開いたままになっていた。瑠加は目についたビーチサンダルに、足をつっこむ。やけに重い。

ファサードを出たところで、相楽が瑠加に気づいた。白っぽいフード付きのニットパーカを羽織って、下は紺のポロシャツ。ボトムはベージュのチノパンと、ゴルフのお伴としては普通の服装なのだろうが、瑠加の目には新鮮に映った。振り返ったまま、どうやら驚いているらしい反応に、にやりとほくそ笑む。

「早いな」

「瑠加さんこそ。あまりよく、ねむ――」

「ストップ」

声と手の動きの両方で、瑠加は相楽を止めた。

「なんで敬語なんだよ」

「なぜって、仕事中ですから、だから」

瑠加のひと睨みなど、ハエが止まった程度の効力もないだろうに、相楽は命じられる前に口調を変えた。

「眠れなかったのか？」

「ああ。昨日、ワイン飲みすぎたかな」

「逆だろう、普通」

相楽が笑う。音にするならばコソリ。口許を中心に、頬までじんわりと広がっていくタイプの笑顔である。双《ふた》つの目は、笑うよりも節度を調整するかのように留保されている。そんな感じに笑んだ顔を、瑠加はしげしげと眺めた。

二基の門柱灯だけの明かりだから、不躾な視線も見逃される。そう思ったが、相楽は目を細めて瑠加の視線を避けた。

「特異体質かもね」

どうして逸らすんだと、瑠加には問えない。避けられているのが視線だけでないと知るのが怖いから。

昔、相楽にした数々の仕打ちに、こうして復讐されている。相楽は仕返ししているつもりなどないだろう。そうもわかっているが、確認したくない。

「今日は、茨城《いばらき》のカントリークラブなので少し遠い」

「今日も、親父はゴルフなのか」

双方が沈黙をもてあましたくなかった結果なのだろうか、声が見事にシンクロしてしまった。しかも、質問と答えが同時に放たれたという結果。

どちらにしても、気まずいわけだ——瑠加は憮然《ぶぜん》となったものの、すぐに「ふうん」とつなげた。

「茨城のどこ？　霞ケ浦《かすみがうら》？」

「いや。もっと奥……福島《ふくしま》に近い」

「べつに、そんなところまでいかなくたって、いつもいってるゴルフ場でいいだろうに」

「むこうさんが経営しているところらしい」

「今日のコンペの会場が？　接待ゴルフなのか」

「理事長のゴルフは、だいたいそんな感じだ」

「心にもない『ナイッショーッ』とか浴びるのは、さぞいい気持ちなんだろうな」

相楽は返事をしない。それはまあ、できないだろうと思う。ゴールデンウィークは、どうせゴルフ三昧だと予想していたが、まだ四月の下旬だ。

ゴルフの何が、そんなに楽しいのかと思うのとは別に、父親が接待ゴルフで満悦している頃、相楽は車の中で待っているのだろうかと考えた。相楽のことだから、駐車場に駐めたステーションワゴンの傍らに、直立不動で立っているのかもしれないと考え、それはあまりにもデフォルメしすぎかと、想像の手綱をひきしぼる。

相楽が不思議そうな顔をしているようだった。瑠加はハッチの内側に納まったゴルフバッグに目をやりながら、

「親父がグリーン回ってるとき、おまえは暇じゃないのか？　どうやって時間潰してんだ」

浮かんだ通りの質問をしてみる。

「普通に待っている」

「どんな『普通』なのか、俺にはわからないんだけど」

「……クラブハウスで、何か飲んだりとか。テレビやＤＶＤも見られるし。ショップを覗いたりもするかな」

ぼそぼそとした返答に、瑠加はその様子を想像してみたが、

「ぜんぜん楽しそうじゃないな」

そういう感想しか出なかった。

「べつに、楽しむ必要はない。仕事だから」

瑠加は口を噤んだ。たしかに、相楽の言う通りだ。楽しんで仕事をしている、そんな感心な職業人も多いだろうが、それでいくばくかの報酬を得る以上、時に楽しめない――どころか、不愉快なこともあるだろう。相楽は、それも想定内というスタンスなのだとわかる。

不愉快なことと考えると、自然に眉間《みけん》がせばまるのを瑠加は感じた。むろん、笹沢の件である。

まったく楽しくなさそうな――どころか、多大なストレスから逃れられそうにないあれも、請けるべきだったのだろうか、「仕事人」としては。

瑠加は自分のケースに当て嵌めて考えを巡らす。すると、

「楽しくないことと、うしろめたいことは別だ」

まるでその胸中を読んだかのような、その言葉に顔を上げた。

マリンライトの光輪の中、相楽の穏やかな顔がなんらかの啓示をもたらす天の使い……神も仏も信じてはいない瑠加だったが、そのとき確かに、そう思えた。瑠加は目を瞠る。

しかし、視線がふいと下って、ニットパーカの袖を射程距離に入れると、浮き立ちかけた気分が気泡を上げてしぼんだようだった。相楽の左腕。真夏でもいつも長袖で蔽い隠している部分。それは瑠加の罪。

そう思うと、一瞬でも夢見がちな女子高生みたいなことを思い浮かべてしまった自分が恥ずかしくなった。瑠加は目を逸らし、門のほうを見る。

「あれから、どうだ?」

瑠加の反応のいちいちなど、相楽はきっと気にも留めていない。すぐにもう、次の話題へ移っている。どうって、と、ぶっきらぼうな口調になるのを止められない瑠加。

「仕事」

「あれきり、新しいのは来ないよ」

やはりそっけなく瑠加は答えた。まるでガキだな。自己嫌悪も湧く。

「……そうか」

「そんなにキヨラカなつもりもなかったけどね。どうやら、俺の水にはあいつは棲めないみたいだな」

アパートの部屋で言われたことを思い出し、やや皮肉っぽくつけ加えた。

「そんな魚は、棲まわせなくていい」

「子どもっぽい潔癖症じゃなかったのか」

瑠加の追及を受けて、相楽は苦笑した。

「そんなつもりで言ったんじゃないが。気分を害したなら、すまなかった」

ふいに、泣きたいような思いが瑠加を捕えた。

予想外の衝動に見舞われて、瑠加はうろたえる。あわててそっぽを向いた。それがさらに気分を害していると相楽に受け取られるかもしれないと気がついて、すぐ視線を戻した。

相楽は瑠加を見ていなかった。その面は上空を仰ぎ、僅かに薄くなった群青に目を向けているようだ。

「――今日は天気がいいみたいだな」

もう話題が逸れている。

瑠加はまた泣きたくなった。相楽の気遣いを、今日の天候に奪われたからではない。

そんな簡単な理由ではなかった。もっと胸の奥深くの、昔からあったなにかの感情、溶けやすくて壊れやすいゼリーの塊がふるふると震えている。その震動に共鳴したかのように、鼻の奥がつんとした。

どうして、相楽のなんでもない一言で、こんなにたやすく感情を動かされてしまうのだろう。

そう思い、そんなことをいまさら自問するとは、とおかしくなる。

十六年前、七歳の瑠加は、それまで見たこともなかった勇気と自己犠牲の精神をまのあたりにした。

我が身を盾にして、知り合いでもないどこかの子どもを庇《かば》った相楽。

驚いた。助けられたことへの感謝より、瑠加はただただ、驚いた。

きっと、親だって瑠加のことをそこまでして守ってはくれないだろう。両親の、とりわけ父親の冷淡さは、瑠加に苦痛を与えていた。わがままで、自己中心的な子どもだといったって、感情の起伏はあるのだ。

赤の他人が、自分に優しくしてくれた。このチャンスを逃したら、次はいつ現れるか見当もつかない。

嫌だ――ふいに、強い執着が瑠加の内側に芽ばえた。このまま離ればなれは嫌だ。

たしかに、自分本位の子どもならではの感情だっただろう。だが、あれほど激しく何かを求めたことは、その後の人生でも一度もない。

わがままから相楽を欲しがって、その人生を、運命を無理やりもぎ取った。成長して、少しは分別がつくようになったらそういう己の身勝手さが見えてきて、罪悪感に駆られた。

それが、十一年前——相楽が周囲から異分子と見られる素となった、あの夏休みの事件に直面したときに瑠加が味わった恐怖の正体だ。

あれから、何が変わっただろう。

負い目を感じるようになったって、瑠加は相楽を手放す気にはならない。

望んだ通り、相楽は今も、瑠加の傍にいる。それが執着以外の何かの感情だろうと、瑠加にはずっと相楽が必要だし、相楽もこれからもずっと瑠加に縛られていればいい。

4

朝からの雨が、オープンテラスのテーブルをしとしとと濡《ぬ》らしている。五月最初の雨の日だ。今日は一日、降り続けると天気予報が言っていた。

「——この通りです。頼みます。請けていただけないでしょうか」

向かいから投げかけられた要請の言葉に、瑠加《るか》は窓の外から中へと視線を戻した。

このあいだと同じカフェの、窓際の席。

降水率八十パーセントの雨の日に、憔悴《しょうすい》した様子の笹沢《ささざわ》と向かい合っている。うんざりする。湿度と不快感が比例して、降水量の分だけいらだちが募っていくようだ。

電話がかかってきたのは、一昨日《おととい》のことだった。二度と連絡などよこさないものと思っていたから、瑠加は内心驚いた。

笹沢はまず、先日の非礼を詫《わ》びた。ついては、折り入って話があるという。

新しい仕事ではないなと直感した。その時点で断ることもできたが、瑠加はそうしなかった。単純に予想が外れて仕事の話なら聞きたいという気持ちのほかに、ここではねつけるのは子どもっぽいと思った。

だがほんとうに瑠加を動かしたものは、脳裏に浮かんだ相楽《さがら》の顔そして声だった。仕事だから、楽しむ必要はない。考えてみると、怖い言葉だ。オリンピックの代表選手までが、試合を楽しみたいなどと口にする昨今の風潮を、瑠加は嫌っていたが、責務だけを果たせばいいという相楽のスタンスは、それはそれできっぱりしすぎていると後で思った。

ともかく、瑠加は笹沢の要請を承諾し、雨の中やってきた。笹沢はすでに待っていた。

その顔が妙に決然としているように見えて、嫌な予感がした。

そして案の定、仕事は仕事でも、いったん蹴《け》った仕事の話だったというわけだ。時間が過ぎるうちに、瑠加はどんどん不機嫌になっていく。

「そのお話なら、お請けできないと申し上げたはずですが」

「いやわかります、わかってます。そこをなんとか」

「……ほかにいるでしょう、僕じゃなくても。英語の翻訳なら、いくらでも」

「でも、こんなことをお願いできる方は、斎京《さいきょう》さんしかいないんです。僕には斎京さんしか」

自分にしか頼めない仕事がアイデア盗用の片棒担ぎだというのも腹立たしいが、僕にはあなたしかいないという語は、そこだけ切り取ればまるで口説かれているみたいに聞こえる。

そう考え、内心苦笑するほかない瑠加だ。

こんなやりとりが、さっきから延々とループしている。

あまりのしつこさに辟易《へきえき》しつつ、しかし繰り返しながら瑠加にはわかったことがある。

瑠加にしか頼めないとはつまり、秘密を共有する相手は最小限に留めたい気持ちの表れなのだろう。第三者にあらためて依頼し、ＯＫをもらったとする。ことはスムーズに運ぶかもしれないし、「アイデアの拝借」も露見しないかもしれない。が、機密事項を知るよけいな部外者が一人いるということになってしまう。だから笹沢は、瑠加にこだわる。

翻訳者としての能力が買われているのではなく、そんな脱力するような理由で請われている自分が、情けない。

そして、内情が外部に漏れるとまずいと思っている時点で、やはり笹沢だってこれがよくないことだと自覚しているわけだ。拝借ではなく、盗用。

依頼する側が犯罪と認識している。それをわかっていて承諾してしまったら、自分も犯罪の一端を担うことになる。

ループする会話に、瑠加はうんざりしている。めんどうくさいから、わかりましたと引き受けるふりだけしてこの場を逃れ、あとは一切連絡を無視するという法もある。

だが、それは嫌だった。たとえ偽装にしたって、こんな仕事にいったんは同意したという事実を作りたくない——相楽の顔が、また浮かぶ。そんな善人でもないくせにと、表向きだけでも潔癖さを打ち出して不毛な攻防を繰り広げている自分がおかしい。

「無理です。すみません」

一刻も早く打ち切りたい。実りのない会話。どちらにとってもマイナスだろう。瑠加は早く一人になって、落ち着いて甘いカフェ・オ・レでも飲みたいところだし、笹沢にしても、ここで無為な押し問答を続けているよりも、さっさと切り上げて割り切った仕事をしてくれる大人な翻訳家でも探せばいい。嫌味ったらしい言い方だが、自分が解放してもらえるなら、この先笹沢が新しいパートナーと瑠加の悪口で盛り上がろうがぜんぜんかまわない。そう思っていた。

瑠加の思惑とはうらはらに、笹沢は動こうとしない。早く行ってくれ。お願いだから。念じる瑠加を嗤《わら》っているのか。笹沢は、目の前にどっしり聳《そび》える山みたいに行く手を阻んでいた。

その目は、いやに黒々としている。こんなに黒目の部分が大きかっただろうか、とつい目を凝らすと、眼前のその双眸《そうぼう》がいきなり倍ほどにも見開かれたような気がした。なにもない、ただぽっかりと闇《やみ》が口を開けているような、二つの洞。

ぞっとした。湿った、冷たい大きな手が背骨を撫《な》で上げたかと思うと、撫で下ろす。

三度めに怖気《おぞけ》が這《は》い上ってきたとき、瑠加はようやく現実感を取り戻した。

「ほんとうにすみません。笹沢さんには、ひとかたならぬお世話になりながら、心苦しいのですが——」

「……かよ」

「え？」

相手の声が聞きとれなくて、瑠加は思わず訊《き》き返した。

真黒な洞穴が、ぐわんとまた開く。見ていられないが、逸《そ》らすわけにもいかない。腋《わき》の下を、汗が伝って落ちた。

「馬鹿にしてんのかよ」

笹沢は、言い直した。最前の言葉もそうであったかは、瑠加にはわからない。二つの洞が、奥で渦を巻きはじめた……ように、瑠加には見える。

「馬鹿になんか――」

「いつだってそうだ。ジョーサイカイだかなんだか、家がどんだけ金持ちなのか知らないが、気どりやがって。上品ぶりやがって。あんたが澄まし返って、その華奢《きゃしゃ》な顎《あご》をつんとさせて上から目線でものを言うたび、何度張り倒してやろうと思ったことか」

ついぞ聞いたことのない痛罵《つうば》。瑠加は唖然《あぜん》とする。今までの人生で起きた、数々の嫌なことが胸に去来した。その場面のどこででも、こんなセリフを人から浴びせかけられたことはなかった。今、瑠加の頭上からは、人生最初の本音のシャワーが、バルブ全開で放水まっただ中だ。

しかし、と、あっけにとられるそのいっぽうで妙に冷静な声がつぶやく。つまり、この男から自分は、こんなふうに見られていたわけだ。人当たりよく、愛想もよく。初対面から屈託のない笑顔で「よろしく!」と手を差し出してきた、ちょっと軽薄そうな男。

瑠加にとって、笹沢はそういうイメージでしかなかったから、最後に見直してやることができたのはよかったかもしれない。チャラいようで、実はいろいろ考えてるんですね！——交渉が決裂していなければ、逆に握手を求めたっていいところだ。

なぜか気分爽快だった。追い詰められて、とうとう地金を出してしまった笹沢に対し、自分はおしまいまでずっと、上品ぶった気どり屋のままだった。世知に長《た》け、人間観察のプロみたいな相手から、澄まし顔の裏にある弱さも醜さも、ついに看破されることがなかった。

そんな自分を、自分で褒めてやってもいいと思えた。それだけのことだったが、突然、瑠加の前のテーブルが、ばん、と音を立てる。

あまりにも力のこもった一撃だったから、はずみで手をつけていないグラスがやや浮き、水が少し天板に飛び散った。

「なにがおかしいんだよ！」

瑠加は無言のまま、中腰で激昂《げっこう》する笹沢を見上げていた。いつかも同じようなことがあった。自分のことを笑ったのに、なぜだか相手を嗤ったみたいな空気になった。

あのときは今とは違って焦った。向かいにいたのが相楽だったからな。ごく自然にそう考え、瑠加はそのまま横を通り過ぎていく気配を、右頬《みぎほお》に感じた。おしゃれな街の、おしゃれなカフェだ。突然逆上するような客は、ノーウェルカムだろう。店中の視線が、瑠加のテーブルに集まっている気がする。

ちっと舌打ちの音がしたのは、そのときだった。

振り返った笹沢が、今度は白目の範囲を広げて、こちらを見据えている。

「結局、坊ちゃんの道楽じゃねえか」

捨てゼリフも、このあいだから格段にグレードアップしたようだ。

「親の金で、一生遊んで暮せるもんな……そりゃ、必死に仕事なんかする気にはならないだろうよ」

その通りだが、なにも今さら笹沢に言われなくてもな、と思った。白麻のジャケットが視界から消えるのを待って、瑠加はウェイターを呼んだ。カフェ・オ・レを注文して、椅子に深く掛け直した。窓ガラスの外に無数の水滴が貼りついていて、街路を行き来する人々の姿が滲《にじ》んでいた。ぼやけないのは色彩だけだった。ふだん気に留めることもないけれど、傘の色にはずいぶん種類が多いんだな、と思う。


カフェ・オ・レは、瑠加が希望していたよりも甘く、店を出た後もしばらくその甘みだけが舌の上に残った。

水墨画みたいな空の下、とぼとぼと歩を運ぶと、心臓が絞り上げられるような感覚が五秒おきに瑠加を見舞う。

後悔、しているのだろうか。

ともかくこれで、当面仕事がなくなった。笹沢はああ言ったが、瑠加には道楽でやっているつもりはなかった。たしかに、いずれは翻訳業一本で身を立てて……などと具体的な目標や計画があったわけではない。いつまでも親がかりというわけにはいかないと、漠然とだが考えることもある、という程度。無理をしてまで独立独歩で生活していく気は、きっとなかった。

それが他人の目には道楽と映っていたわけだ。

必死に仕事していないという指摘は、だからきっと正しい。笹沢からその言葉を叩きつけられたとき、とっさには反撥《はんぱつ》もおぼえなかった理由はそれだ。

だが、必死だったら、軽いものでも犯罪に加担するのもやむなしという結論に至るのだろうか。罪悪感をおぼえることもなく？　それで食っているのだからしかたがないと？

どう考えても、自分はとてもそういう心境にはなれそうもないと思った。正直に生きたいなどと願っているわけではない。微罪だろうが、罪は罪だと思うだけだ。これ以上疾《やま》しさを背負いこんで生きたくないのだ。つまりは、自分の都合。

個人的な嫌悪から仕事を蹴《け》る。それが道楽と誹《そし》られるなら、勝手に誹らせておけばいい。

半ば投げやりに近いあきらめを抱《いだ》いて、最寄り駅まで急いでいると、背後でクラクションの音がした。

瑠加はそのまま数歩行ったが、クラクションはその間にも続けざまに鳴らされる。もしかして、自分を呼んでいるのだろうかと思い当たり、瑠加ははじかれたように振り返る。

――そんなわけ、ないか。

見覚えのない車だった――メタリックグレイのS65でもステーションワゴンでもなく、Cクラスのクーペ。ミッドナイトブルーの軽やかな車体が音もなく近づいてくると、足を止めた瑠加の真横に停まった。

「――杞塚《きづか》さん」

するすると下りたウィンドウから現れた顔を見て、瑠加はやや目を瞠《みは》った。

「お一人ですか？」

父親の秘書だ。スマートな風貌《ふうぼう》と物腰、年下の瑠加にも丁寧な言葉遣い。如才のない男の隙もない笑顔を、瑠加は胡乱《うろん》に見下ろす。父の秘書だからというのに加え、そのいつも変わらない笑みにも警戒心を働かせずにはおられない。

瑠加の、杞塚に対する印象は、まあそんなところだった。

「今からお出かけですか？　よろしければ乗っていきませんか」

当然、予想されたことだった。あまり同席したくない相手と、車という密室空間で二人きり。普段の瑠加なら、どんな理由をつけてでも断わっただろう。だが今、瑠加の頭はカフェでの不快な事件で占められていて、そういう意味で冷静な判断が下せない状態だ。

「すみません。では駅まで」

深い考えもなく、好意に甘える形になった。実際には甘えたわけではなく、断わることに疲れていたからだった。直前の、笹沢との押し問答が、瑠加をいたずらに消耗したようだった。

「驚きましたよ。ふと見たら、瑠加さんが前を歩いておられるものだから」

車を再スタートさせながら、杞塚は「偶然」を強調した。それがかえって、瑠加の不信感を煽《あお》る。家を出るところから尾行してでもいない限り、今このタイミングで瑠加をピックアップすることは叶《かな》わなかったのでは、というのはいささか自意識過剰だろうか。

「杞塚さんこそ、デートですか？」

ゴールデンウィークで、父親も今日から三連休だと言っていた。雨だというのに、予定通り、今日も朝からゴルフである。

「いやいや。ひさしぶりの連休だし、そういえば最近ドライブもしてなかったなと」

答えになっているようで、微妙に外された気もする。もっとも、この男がデートだろうとそうでなかろうと、瑠加には興味も関係もないことだ。淡いグリーンのポロシャツから伸びた腕には、擦《かす》り傷一つない。

「たまには動かさないとって？　車でもなまることってあるんでしょうか。時々、相楽も」

言いかけ、瑠加は自分の口から飛び出した名前に自分で動揺した。不自然なところで言葉を切ってしまったと、さらなる動揺に見舞われる。

「相楽くん？　彼、休みの日もそんなことを？　真面目だなあ」

どう聞いても、褒めているとは思えない口調だった。内心むっとしたが、瑠加は知らん顔で聞き流す。

「駅まででいいですよ」

代わりに、他人行儀なセリフで「おまえとは必要以上に接触しない」と伝えたつもりだった。

「そんな水臭いこと。ちゃんとご自宅まで送り届けますから」

伝わるには伝わったようだが、動じない男でもあるようだ。杞塚の横顔を薄笑みが掃《は》く。

「――家じゃないので、行きたいところは」

「え、そうなんですか？　目的地は、じゃあどちら？」

問われて、馬鹿正直に答えてしまったのは、やはりこの男に対する苦手意識のなせるわざなのだろうか。どこか、呑《の》まれるような空気感がある。

「それはまた、意外な……お友だちのお家ですか」

「……、まあ」

相楽が友だちかどうかは措《お》くとして、これ以上ほんとうのことなんか言わないぞと、瑠加は己を戒める。

「へえ。ずいぶん庶民的なところにお住まいなんですね。瑠加さんのお友だちなのに」

「どういう意味ですか」

かちんときて、瑠加は言い返した。杞塚はひょいと肩をすくめ、

「ご学友は、だって、それなりのお家の方ばかりじゃないですか」

逆に、鋭い指摘をしてくる。

「そうでもない。大学とか、普通に苦学生って感じの奴もいましたから」

「まあ、大学からならね……でも、意外な交友をお持ちなんですね。驚きました」

どういう意味だと言いたくなる。同類は同類同士だけで固まっておけということなのか。

たしかに、瑠加も含め内部進学組には妙な連帯感と排他性があったが。そして、そういう風潮を嫌って、瑠加はあまり団体行動には加わらなかったが。

というより、あの小学六年の夏休みを境に、瑠加はしだいに他人とは一定の距離を置くようになったのだ。恵まれた環境を、ただ享受する子ども時代を、仲間より一足早く卒業した。

といえば聞こえはいいが、自分の内側にあるなにか禍々《まがまが》しいものを見られたくなかっただけだ。

ひと一人の運命を、オモチャみたいに転がしたことなど、誰かに知られるわけにはいかなかった――表面上は、なにも変わらないふうにふるまうから、疲れた。大学生ともなれば、すっかり倦《う》んで、そもそも人づきあいをほとんどしなかった。そして現在、学生時代の友人とは、ほとんど連絡をとることもない。

ただ、自分で自分を追いこんだ結果としての孤独と、ひとから追いこまれてのそれは違う、まったく違うという思いもあって、だから瑠加は相楽に対しもう一歩踏みこむことができない。

ほんとうは――俺を憎んでいるんじゃないのか？

訊《き》いたことどころか、生まれてきたことすら後悔しそうな問い。だから、言わない。

口ではなんのかの言いながらも、杞塚は瑠加の告げた方向へ車を走らせているようだ。

やがて、すでに見馴《みな》れた、相楽のアパートの最寄り駅前の風景が目に飛びこんでくる。

ようやく自分のエリアに入ってきた。そう安堵《あんど》したのも束の間、

「ご存じですか？」

正面を向いたまま、杞塚がひさびさに話しかけてくる。

「このあたりに、相楽くんってば部屋借りてるんですよ。立派な離れに住んでいるのに、どうしてでしょうね？」

意見を求めるところで、瑠加に視線をめぐらせてきた。

瑠加は凍りついている。なぜ、それをこの男が知っているのだ――秘書が知っているということは、父親も知っている？　いや、むしろ杞塚が調べ上げて、父親に注進したのかもしれない。だが、なんのために。

「――へえ。知らなかった」

ようやく絞り出した声は、ぶっきらぼうなセリフに結実する。内心の狼狽《ろうばい》が思いっきり出てしまっているではないかと、瑠加は己を叱咤《しった》した。

「知りませんでした」

言い直し、

「でも、自分の金で借りてるんなら、べつにいいんじゃないですか」

ことさら関心のないふうに、冷めた調子で言葉を重ねる。

「まあ、そうなんですけどね。しかし、なんの意味があって別の部屋が必要なんですかね？案外、恋人と会うためだったりして」

「……杞塚さんって、案外下世話なんですね」

瑠加は態勢を立て直した。さも軽蔑《けいべつ》した言葉つきでそう言った。

半分だけの顔で、眉《まゆ》が上がる。狙《ねら》い通り、気分を害したようだった。多少なりとも自尊心があれば、ゲスな勘ぐりを恥じるだろう。恥ずかしくないにせよ、それ以上の下世話っぷりを発揮するのを控えるはずだ。

杞塚は、そして、「失礼しました」と苦笑した。恥じるというよりは、拍子抜けしたといった様子。あてが外れたのか。しかし、そもそもなんのためにその話題を持ち出したのだと考えると、勝利の喜びよりなお、訝《いぶか》しさが瑠加に杞塚の横顔を盗み見させる。

「あ、ここでいいです」

通りかかった果物屋の前で、瑠加は車を停めさせた。

「お友だちのお店ですか」

「いや、土産《みやげ》でも買っていくかなと思って」

それに対する返答は聞かず、瑠加はシートベルトを外した。

「送ってくださって、どうもありがとうございました。——ほんとに偶然ですね。俺の友だち同様、相楽もここに部屋を借りているなんて。まあ、いい感じの町なので、杞塚さんもデートで来られるといいですよ」

皮肉や煙幕、軽く無駄口もとり混ぜて言い置き、車の外に降り立つ。雨はなお、降り続いていた。先ほどまでより、雨足も激しくなったようだ。

瑠加は、宣言した通りに果物屋の店先に並んだ籠《かご》を覗《のぞ》きこんだ。ベンツが走り去るエンジン音を、背中で聞いた。用心のため、今日は相楽のアパートにはいかない。


ノックもなしに、ドアが開く音がした。

「おい、ノックぐらい——」

「兄貴、こないだ借りた服！」

瑠加の苦情を無視した理以《りい》の手は、ハンガーを持っている。表面を蔽《おお》ったビニールの中には、見覚えのあるスーツがあるらしかった。

いかにもクリーニング帰りという風情で、事実そうらしい。

「ちょい遅くなったけど、洗っといたから」

理以は、気を利かせたのだから評価しろと言わんばかりだ。理以にしても、アルバイトをするふうでもない。クリーニング代だって、親の財布から支払われているのだろう。そこを威張られてもと思う傍らで、弟が、親がかりの生活をどう考えているのか知りたい気もした。

「ありがとう、わざわざクリーニングにまで出してくれて」

訊かない代わりに、そう返す。

理以はちょっとびっくりしたふうに目を見開いて、

「すげえ。兄貴がお礼を言ってるぜ」

からかいの言葉を投げかけた後、「掛けとくね」とウォークインクロゼットに入っていった。

——なにも考えてなどいないのかもしれない。瑠加はあきらめ、

「おまえ、大学は？　もう休み明けただろう」

と、結局は普通の質疑をする。

「兄貴、あからさまに照れ隠しの話題転換です」

「……、俺がおまえなら、判で押したみたいに、とか言うが」

「そっか。たしかに兄貴、それればっか訊くよね」

よっぽど、おまえにはサボっているように見える機会が多いということだろうと言いたくなる気持ちを、ぐっと堪《こら》える。瑠加もべつに、弟の進級を心配しているわけではない。

「今日は、四コマめだけ。ゼミだから、めんどっちくても出ないわけにはいかないいんだよな。

あーあ」

「そんなふうに履修スケジュールを組んだのは、おまえだろうが」

「まあそうなんだけどさ。どう組んでも、完全休日になる曜日が出なくって」

それはまた、贅沢《ぜいたく》な悩みだ。

驚きはしない。なにかにつけ、要領のいい理以のことだ。ぎりぎりでも、単位を落とさないようにうまくやっているのだろう。

「てか、三回生にしてこの余裕って、俺すごくない？　さらには、Cなんか一個もないんだぜ？　弟が、学校始まって以来の天才かもしれないって、どうよ」

にやりとして、あきれてものも言えない兄を見る。

「……おまえのその、多大すぎる自信ってどこからくるんだ？」

単位取得を心配してみせたときよりも、瑠加は本気で訊《たず》ねている。ところが理以は、唇を突き出して、「はあ？」と唸《うな》る。

「たしかに俺は、つねに自分に自信持ってるけどさ、でも兄貴ほどじゃないぜ？」

「えっ」

今度は瑠加が、目を眇《すが》める番だった。理以は当然といった顔で、

「だって、特殊技能で生きていこうとしてるって、ずばりそういうことでしょ？」

指をつきつけてくる。

「……特殊技能って……、べつに翻訳だけで生活できてるわけでも――」

「出た、『べつに』！」

弟は鼻の頭に皺《しわ》を寄せた。

「嬉しいくせにかっこつけるときって、絶対言うよね、『べつに』。謙虚ぶってさ」

「それは、おまえだって言うだろう」

瑠加は反論する。

「そりゃ言うさ。かっこつけたいもん……今はべつに、でも、将来的にはモノになると思ってんだろ？」

べつに、と言いそうになって瑠加は口をつぐんだ。その間も、理以はどんどん言葉を追加していく。

「そうじゃなきゃ、翻訳なんか捨てて、まともな就職先を探したよね？　就職できなかったら、医者にならないまでも、経済でも行けば病院の経営側に回ればいいんだし――とか日和《ひよ》ることもなく、あい変わらず細々と翻訳なんかやってんのは、真剣に手に職をつけようとしてるからだろ。それとも、暇そうにぶらぶらしてるだけじゃ、ただの怠け者になっちまうから、なんて理由？　かっこつけたい兄貴なら、後者なのか。じゃあ、べつに真剣にモノにしようとは思ってないってこと？　やだなあ、そんな結論」

速射砲のようなトークに、瑠加は割りこむこともできず、割りこむ気力もなくなった。ただぼんやりと、よく動く弟の口を見ている。だが頭の中には案外クリアに理以の声が響いていて、嫌だと言いながら、どうせこいつはかっこつけの兄貴が、まさしく自分が今述べたような理由で「翻訳業」の看板を掲げただけだと思っているに違いないなどと考えている。弟に看破されるというのもみっともない話だ。だが、ほんの子どもの頃を除けば、理以に敵《かな》う要素など自分にないことも知っている。どうしてそれを、本人の前でわざわざ解説してみせるのだろう。もっと思い知れとでもいうのか――。

「あとさ」

まだ言うことがあるらしい。理以は、いかにも付け足しといったていで続けた。

「自信があんのは、それなりの裏付けがあるから」

「……裏付け？」

「言わせるなよ、俺だって努力してんだよ」

瑠加は、ぽかんとした。

「逆に言うと、自信ない奴は、努力してない自覚があるから自信ない自信ないって言うんだろ。俺から言わせりゃ、それは逃げ。努力しない自分を否定されたくないから、自信がないと言っておく、予防線みたいなもの？ 謙遜《けんそん》する奴って一見いい人っぽいけど、それって、誰より何より自分に自信のある証拠じゃん。努力もしてない素の自分こそ素晴らしいって、堂々と主張してんだなーって、俺は笑える」

理以がいなくなった部屋は、まるで墓荒らしが去った後だ。

磔《はりつけ》にされたみたいに椅子の上で固まって、瑠加は弟の放言を反芻《はんすう》していた。

少し落ち着いて考えれば、理以の言い分も極論なのだ。謙譲の美徳というものがある。少なくとも、瑠加の知る世の中には。謙遜しすぎて、かえって傲慢《ごうまん》な素を晒《さら》してしまう愚か者も中にはいるだろうが、謙虚な人間がすべてそうだとは限らない。

ただ、自分がそうではない、と瑠加には言えないのだった。もともと、一人立ちもできず、かといってプロ意識を持つにも至らない自分の中途半端な立ち位置を、瑠加は絶えず気にしている。

しかし、そこから脱却するためにどんな努力をしたかというと――たしかに、なにもしていない。仕事だって、ほぼ青樹《あおき》書店の専属みたいな現状な上、担当者である笹沢は先輩から紹介された編集者で、と、他人任せだ。

そう、すべてがことの成り行きに委《ゆだ》ねられている。自分の意思というものがない。いや、ひとつだけあるが、それは軋轢《あつれき》を避けるために仕事の手を広げなかったことだ。それでもトラブルが起こるなら、そんな気遣いは不要だったというわけだ。

笹沢と行き違ってしまった今、青樹書店から仕事を依頼されることはもうないだろう。

ここが転機なのかもしれないと思った。笹沢の本性があれなら、いずれ衝突は避けられなかった。早めに気がついてよかった。

とはいえ、自分一人でなにができるだろう。

コネはない。いや、ないと断言するほどなくはない。学生時代のアルバイトを含めれば、キャリアは三年。その間、パーティにも幾つか出席した。出版社主催の定例のもの以外でも、先日の鴇田正彦《ときたまさひこ》の出版記念パーティのようなイレギュラーな集まりにも顔を出した。そういう意味では、笹沢は瑠加のような人間にはいい担当編集者だったのだろう。億劫がられるのをものともせず、ひっぱり出してくれたおかげで、瑠加の手には役に立ちそうな名刺が何枚もある。中には、笹沢とは関わりのない大手出版社の編集長や、大物作家のものもあった。

ただ、彼らを相手に、直接営業活動をするとなると……言うまでもなく、そうした交渉事は瑠加にとって未知の分野だ。そして、自分にできるとは思えない。

——結局、坊ちゃんの道楽じゃねえか。

笹沢の捨てゼリフ。青樹書店の仕事が途絶して、瑠加がそのままこの世界からフェードアウトすれば、あいつはさぞ満足することだろう。それ見たことかと手を叩いて喜ぶのだろう。そのさまを、瑠加は容易に思い描くことができた。しかし、思ったほどには悔しさが湧き上がってもこない。どうせそんなことだろうと、薄々察していたせいか。

モチベーションの獲得に失敗して、瑠加はとりあえず思念をいったん打ち切る。

相楽はどうしているだろう。脈絡もなくそう思い、悩むのでなければ、すぐそこかと自嘲《ちょう》の笑みを漏らす。

いや、脈絡はある。相楽ならこんなとき、どうするだろうと思ったからだ。考えるまでもなく、すぐに行動に移すはずだと確信できる。なぜならば、そうしないと生きていけないから。食っていくためには、迷うどころではない。

自分は、相楽を馬鹿にしているのだろうか。ふいに思った。俺にはできない、だけどあいつにはできる。その根拠が日々の糧《かて》を自力で得なければならないこと、で、自分にはその必要がないから手続きの煩雑さを思うだけで引き返してしまう……あいつとは違い、恵まれているから。自虐的な思考だ。そこに相楽まで巻きこんでいる。だが問題は、そういうことではない。

瑠加は憮然《ぶぜん》とした。結局、自分はなにも変わっていない。相楽の人生を、運命を他ならぬ自分自身が捩《ね》じ曲げたと知った、十二歳の夏から。あのときおぼえた罪悪感の檻《おり》に、自分もまた囚《とら》われてきたはずだった。でもこんなことを考えるということは、やはりどこかで侮っているのかもしれない、相楽のことを。

自己嫌悪と、それを上回る所有欲を抱え、瑠加は立ち上がる。結局のところ、相楽の顔が見たい。今、離れに足を運んだところで、相楽は仕事中だ。会えるわけはない。願いは叶わない――。

それでも、会いたかった。

「瑠加さん」

鼻先を揃《そろ》えて駐《と》まった車の間でうろうろしていた瑠加は、背後からかけられた、覚えのある声にびくりと肩を震わせた。

杞塚道真《みちざね》の、如才ない笑顔が少し先にあった。瑠加は眉をひそめたが、相手が近くまでくる前に、表情をニュートラルに入れ直す。

「どうなさったんですか。何か、妙な所でばかりお会いしますね」

「――どうも、お疲れ様です」

「常斎会病院《じょうさいかいびょういん》」本部の専用駐車場である。職員用の別スペース。それほど台数は多くないが、理事長の通勤用であるベンツS63AMGに行き着く前に見つかってしまった。それも、一番会いたくない相手に。

瑠加の通りいっぺんな労《ねぎら》い兼挨拶《あいさつ》を受けて、杞塚は苦笑いを浮かべる。

「理事長なら、中におられますよ？」

指し示されるまでもなく、駐車場に隣接した、立派な建物の中に理事長室があることぐらい知っている。しかし、杞塚は瑠加がそう反撥することまで計算に入れて、あえて勘違いのふりをしているのかもしれない、とすぐに憶測が芽生えた。瑠加は、相手を凝視する。

やはり苦笑に顔を歪《ゆが》め、

「僕、ひょっとして瑠加さんに嫌われてます？　そんな怖い顔、しないで下さいよ」

ああ、その通りだよと言ってやりたくなるような、したり顔だ。おまえの頭にあるものなんか、こっちにはわかっているんだぞとでも言いたげな。

瑠加はつんと横を向いた。

「嫌うとか好くとか、そんな次元じゃないですよ」

我ながら、冷ややかな声だと思う。

「杞塚さんは、父の秘書。それ以上でも以下でもない」

「厳しいなあ。やっぱり瑠加さん、僕が嫌いなんでしょう？」

しつこいよ。

瑠加は、目の前で笑う男に視線を戻す。いかにも余裕ありげなその表情が、なんとも神経を逆撫でする。

「そんなことはないんですけど。杞塚さんこそ、僕に嫌われるようななにか後ろ暗いことでもあるんですか？　たとえば横領とか」

だから瑠加も、杞塚を苛立《いらだ》たせるような反応を返した。

「横領って……僕はあいにく、経理には関わってないですからねえ」

法人の組織図だとかそれぞれの業務内容とか、そんな世界のことなど、知りもしないくせにと言われている気がした。あながち被害妄想でもないのではないか。杞塚の腹の中は、瑠加の想像以上にどす黒いのかもしれない。

どうでもよかった。杞塚になど用はない。

「そうですか、では」

父の車を探すどころではなくなった。舌打ちしたい気持ちを抑え、瑠加は早々に引き上げることにする。衝動的にここまで来てしまったが、やはり計画性のない行動はうまくいかないみたいだ。

だが、杞塚の脇をすり抜けようとした刹那《せつな》、腕を掴《つか》まれる。

「……?」

「理事長に用なら、いっしょに行きましょうよ。どうして帰ろうとするんです?」

怜悧《れいり》な眸《ひとみ》に、かつて見たことのないべたついたものを感じた。瑠加は腕を振りほどこうと試みたが、強靱《きょうじん》な力がじわりともう一段、締めつけてくるようだ。

「ふざけ――」

「僕は真剣ですが?」

冷笑が、整った面に広がっていく。瑠加の背筋が、もぞりと寒くなった。

「おかしいでしょう。なんで僕が、あなたに従わなきゃいけないんですか」

「だって、理事長にご用でしょう? それとも、理事長ではなくて、近くにいる誰かかな」

暗に、俺は知ってるぞと言っている? 瑠加は内心、怖《おそ》れを抱いた。表向きはあくまでにこやかに親切そうに、だがその内面にどんな考えが渦巻いているかと想像すると、今すぐここから去らなければならないと思う。

「離してくれませんか？　下手したら犯罪ですよ？」

瑠加は冷ややかに言った。

「理事長に言いつけますか？　しょうがないなあ」

杞塚は一瞬で真顔に戻った。笑んでいるときだって、目だけは笑っていなかった。

「じゃ、僕もなにか言いつけちゃおうかな？　瑠加さんのいろんな行動」

「！」

「来なさい、いっしょに」

隙を衝かれ、とっさには声も出ない瑠加を、ほとんど引きずるようにして杞塚が病院の方向に足を踏み出したときだ。

「瑠加さん？」

だしぬけに現れた男に、瑠加は目を瞠った。相楽は、眉をひそめるようにして瑠加たちを見ている。

「相楽！　た、助け――」

瑠加が言い終えるより早く、杞塚は摑んでいた腕をぱっと離す。

「おい、瑠加さんになにをした⁉」

そのまま立ち去りかける肩を、相楽が摑んだ。

「嫌だなあ、ちょっとふざけてただけですよ」

振り返った杞塚の顔は、最前までの余裕もなく青白い。

「というか。その口のきき方はなんだ？　ただの運転手のくせに」

ほとんど脊髄《せきずい》反射的に、瑠加は一歩踏み出していた。

「っ――‼」

杞塚は信じられないという顔で、打たれた頰を押さえる。

「僕からすれば、ただの親父の秘書のくせに」

瑠加は、杞塚を睨《にら》みつける。

「ただの秘書が、失礼な真似をしたことは、親父に言っておくから」

「告げ口ですか？　やれやれ」

すっかり開き直ったていで、杞塚はふてぶてしく両手を広げてみせる。

「そんなにいい父子関係には見えませんがね……冗談です、冗談。さて、ではできそこないの長男と、有能な秘書。どちらの言い分を、理事長は聞き入れるか見ていましょうよ」

相楽は、厳しい目をそんな杞塚に向けていた。その両脇に垂れた手が、きつく拳《こぶし》を握りしめているのを瑠加は見た。手の甲に、血管が浮き上がっている。

「――なんて奴だ」

肩で風を切って立ち去る背中に目を据え、相楽がつぶやく。

「虚勢張ってるだけ。本気で親父に告げ口するわけ、ないだろう」

だがあの男ならどうだかわからない、と思いつつも瑠加はいつになく殺気立った相楽をなだめた。

俺のために、そんなに怒ってる……？　こんなときだというのに胸が躍っているから、非礼な男のこともどうでもいいか、と思った。

だが、こちらに移した相楽の目がまだ少し憤っているのを見れば、そんな浮ついた気分もやや鎮まる。

「……相楽？」

「俺なんかのために、手を痛くする必要なんかない」

そう言われてはじめて、瑠加は自分の左手が右手を庇《かば》うように押さえているのに気づく。杞塚の頬にヒットした手のひらが、じんと痺《しび》れていた。

「ああ。ちょっとカッときた。馬鹿げてるよ」

頬が引《ひ》き攣《つ》れるのを感じながら、笑みを作る瑠加を、相楽は痛ましいような表情で見下ろした。

「行こうか」

「え、どこに？」

「理事長に用があるんだろう?」

「ないよ」

即座に否定していた。

「だいいち、それならべつだん、あいつを振り切る必要もないわけだし」

相楽に気づかせるように言ったが、期待したようなことはなく、

「——そうか。そうだな」

その反応は思わしくない。

「用があるのは、おまえにだよ」

「——?」

「でも、まあいいや」

「待て」

踵《きびす》を返しかけた瑠加の肩を、今度は相楽が摑んだ。

さっき杞塚にそうされたときとは、較《くら》べものにならない動揺が、瑠加を見舞う。弾《はじ》かれたように振り向くと、相楽ははっとしたように手を離した。

「……すまない」

「なんで謝るんだよ……」

気まずい沈黙。瑠加は、肩を摑まれたときに過《よぎ》った想いを、胸のうちで反芻する。

このまま――このまま、どこかへ連れていって欲しい。そんな気持ちを。

「いや……、どんな用だったのか、ちょっと気になって」

相楽らしからぬ言い訳口調だ。しかも、ちょっとしか気にしてくれていないのか。

そんな微妙な言葉の綾《あや》さえ気にかかる。自分はよほど、この男のことで頭も胸もいっぱいにしているようだ。

「聞く気があるなら、どこかで――仕事終わった後にでも」

「家に帰ってからじゃだめなのか？」

もっともな意見だったが、瑠加はむうと唇を突き出す。その仕草があまりに大人げないと気づいて、すぐに戻した。

「たまには俺と、どこかで飲んだりしてもいいだろう」

「あ、ああ……それはかまわないが。俺がよく行くような店でよければ」

「かまわないよ」

躍り上がって喜びたいところをかろうじて抑え、瑠加は簡単に返事をした。相楽の面からはもう、激情は去っていて、いつもの無表情を取り戻したようだ。だがそもそも、どうしてそこまで激昂したのだろう。

もしかすると、相楽も自分に特別な感情を？

そう思い、いかにも自分らしい都合のいい妄想だと、瑠加はあきれた。

相楽の行きつけの店というのは、本部病院の近くにある焼鳥屋だった。

といっても、壁に脂が染みついているようなタイプではない。ロッジふうの外観を見たときには、真っ先に高原の別荘地が頭に浮かんで瑠加はなんともいえない気持ちになったものの、中は案外小綺麗《こぎれい》で、どこにも別荘を連想させる要素はなかった。

相楽は常連らしく、カウンターの中にいた店主らしい初老の男が、

「おっ、シンやん、今日はイケメン同伴だな」

気さくに声をかける。隣で相楽が苦笑するのを、瑠加はちらと見た。

「――シンやんって呼ばれてるんだ？」

奥まった席に着き、おしぼりで手を拭《ふ》きながら訊ねると、メニューを広げていた相楽はちょっと困った顔になる。

「誰のことも、あだ名で呼ぶ親父さんだから」

「へー。じゃ、俺もここの常連になったら、ルカぽんとか呼んでもらえるのかな」

「……かもな」

やはり相楽は、困ったようにそう答えた。

本気であだ名をつけてもらいたいわけではないが、常連にはなりたいものだと思い、瑠加

は壁に貼られた「今日のおすすめ」のメニューを見上げる。

「それで、話っていうのは？」

チューハイが運ばれてきた。相楽はいったん瑠加の父親を自宅に送り届けてから、電車で戻っている。瑠加はその間、カフェや書店で時間を潰《つぶ》していた。

乾杯した後、相楽が訊いてきた。

こうして向き合っているシチュエーションだけで、じゅうぶん気は晴れているのだが、瑠加は笹沢とのやりとりを相楽の前で再現した。

相楽は、目をせばめながら聞いていたが、坊ちゃんの道楽、という捨てゼリフのくだりではははっきり顔をしかめた。

「醜悪だ」

「ま、当たってるんだけどね」

「…………」

「な、何？」

「道楽でやってたのか、瑠加は」

直球な質問を放りこまれ、瑠加は一瞬口をつぐむ。

「――そんなつもりはなかったけど、貪欲《どんよく》に仕事がしたいようなそぶりでもなかったから、笹沢からしたらただの趣味の延長に見えたのかもしれない」

結局は、正直にそう答えた。

「だからといって、それが気に入らないなら、仕事をしているときに言えばいい」

繋《つな》がりを切った後で言うとは、という言外のニュアンスを感じ、瑠加は相楽を見た。

難しげな表情を少し変え、

「まあ、過ぎたことだ。瑠加が納得しているなら、それでいい」

労《いたわ》るようなまなざしに、水槽に嵌《は》まった瑠加に自分の靴下を履かせたときの、決然とした少年の顔が重なった。瑠加は目を瞬《しばたた》かせる。

「それより、先のことを考えないとな」

幻は消え、今の相楽が目の前にいた。

そのことは、瑠加を安心させた。だが先のこと、と聞いてほっとしている場合じゃないと思い直す。

「ああ——俺に、自分で営業とかできるかは怪しいもんだけど」

「やらないうちから、あきらめることもない」

「だな。当たって砕けろ！　って感じ？」

瑠加のその軽口は無視して、

「今まで、翻訳者として名前が載った本があるだろう。そういうので、実績をアピールするといいんじゃないか」

相楽は、真面目な顔で言う。その後、ちょっと恥ずかしそうな表情になった。

「まあ、門外漢がどうこう口出しする筋合いじゃないが……」

「いや。その通りだと思うよ？　俺も営業ってよくわからなかったけど、結局自分を売りこむということだよな」

言いながら、相楽がついてきてくれたらきっと、上手に自己アピールができると思った。

その考えが、幼稚で図々しいこともわかっているから、実際に頼んだりはしないが。

やがて焼き物の皿が出てきて、芳《こう》ばしい香りを放つ串を口に運びつつのやりとりになった。

瑠加が持参した名刺の束を見ながら、ああでもないこうでもないとひとしきり検討する。

すっかり爽快な気分になっていた。笹沢や杞塚に汚された部分が、相楽によって浄化されていくのを瑠加は感じる。それが、自分にとっての相楽という存在なのだろう。

決して手放したくないもの……相楽を失《な》くすことを思ったら、他人から不快な思いを味わされることぐらいは、なんでもない。

ごく自然にそう考え、瑠加はぎょっとする。

これではまるで、恋してるみたいじゃないか。

冗談じゃないと思う。どうしてこの自分が、男なんか、しかも父親の雇い人なんかを好きにならなければならないのだ、と、相楽の運命を変えたことへの疾しさを感じている同じ部分で反撥する。矛盾しているのだが、瑠加の内側でそれは同等の感情である。

相楽が手に入らないなら、なにも要《い》らない。だが自分が相楽に支配されるのはごめんだ、と、つまりは身勝手な欲望。それを冷笑する自分も、瑠加の中にいる。本心はどこにあるのだろう。どうして自分のことなのに、わからないのだろう。

相楽は、瑠加がこんな気持ちでいると知ったらどう思うか。

困ったような、でも全体的には落ち着いて瑠加を諭す様子が容易に想像できた。説教なんて、誰が聞くか。相楽はなにも意思表示したわけでもないのに、むっとする。こういう自分も、瑠加は嫌いだ。

ままならないことなんて、この世には無数にあるのだろう。

だが、他の誰が不幸だろうと関係ない。自分が報われればそれでいい。

それでいいはずだったのだが——。

きたざわ尋子
[はじまりの熱を憶えてる]
ill.夏珂●580円(本体価格552円)
愁堂れな[罪な輪郭]
ill.陸裕千景子
●予価580円(本体予価552円)
秋山みち花
[御曹司の婚姻]
ill.緒田涼歌●600円(本体価格571円)
高峰あいす
[言葉だけでは伝わらない]
ill.桜庭ちどり●580円(本体価格552円)
みとう鈴梨
[臆病者は初恋にとまどう]
ill.花小蒔朔衣●580円(本体価格552円)
水上ルイ[学園の華麗な秘め事]
ill.コウキ。●560円(本体価格533円)
榊 花月[囚われの狼と初恋の鎖]
ill.鈴倉 温●580円(本体価格552円)
うえだ真由[きっと優しい夜]
ill.金ひかる●580円(本体価格552円)
《文庫化》神奈木 智
[あの月まで届いたら]
ill.しのだまさき●580円(本体価格552円)
2013年
2月刊
毎月15日発売
幻冬舎ルチル文庫
2013年3月15日発売予定 予価各560円(本体予価各533円)
崎谷はるひ[トリガー・ハッピー3] ill.冬乃郁也
砂原糖子[ファンタスマゴリアで待ち合わせ] ill.梨とりこ
愁堂れな[黄昏のスナイパー 慰めの代償] ill.奈良千春
一穂ミチ[ぼくのスター] ill.コウキ。
染井吉乃[眠り姫夜を歩く] ill.陵クミコ
小川いら[ハル色の恋] ill.花小蒔朔衣
黒崎あつし[恋心の在処] ill.金ひかる
御堂なな子[蝶々結びの恋] ill.鈴倉 温
かわい有美子[光る雨 ―原罪―]《文庫化》
ill.麻々原絵里依

表紙&巻頭カラー!
むかしのはなし
原作：三浦しをん 作画：西田 番
旧友・犬山の言うまま、とある女性の家に忍び込む「俺」だが…?
★3月16日映画公開!!
話題作をコミカライズし一部特別掲載!
原作：東野圭吾
作画：浅井蓮次
[プラチナデータ]
監修：『プラチナデータ』製作委員会
いくえみ綾［トーチソング・エコロジー］／船戸明里［Under the Rose ～春の賛歌～］／日丸屋秀和［ちびさんデイト］／新井理恵［お母さんを僕にください］／KUJIRA［てのひらのパン］／紺野キタ［つづきはまた明日］／石川チカ［KOBAN］／山本小鉄子［ハニースウィート・キッチン］／氷栗優［ゴージャス・カラット―青のカランク―］／小鳩まり［なめこ文學全集 なめこでわかる名作文学］／キリエ［江戸モアゼル］／水元ローラ［Call me by name］
★よみきり 記田あきの［笑うべからず］
★リレーエッセイ たなと
comic スピカ
Spica
No.16
●書籍扱い●A5判●819円（本体価格780円）
2013年2月28日(木)ごろ発売!!

巻頭カラー
秋葉東子
「天然素材のきみとぼく」
新連載
センターカラー
平喜多ゆや
みつば樹里
新連載
【最終回】
田倉トヲル／モチメ子
【シリーズ読みきり】
雁須磨子／三崎 汐／永住香乃／コウキ。
【読みきり】鰍ヨウ／内田つち
【大好評連載陣】
日高ショーコ／葉芝真己／水名瀬雅良／山本小鉄子
松本ミーコハウス／ARUKU／田中鈴木／九號／せら
テクノサマタ／奥田七緒／元ハルヒラ／四宮しの
吹山りこ／梅太郎／花田祐実／金田正太郎
★表紙／松本ミーコハウス ★ピンナップ／穂波ゆきね
ルチル
Rutile
vol.52
◆奇数月22日発売◆隔月刊
大好評発売中!!
キュート&スウィートなボーイズコミック♥
特別定価780円
(本体価格743円)
(応募者負担あり)
W全サ
表紙イラスト図書カード応募者全員サービス実施
ルチル雑誌化50号記念表紙イラスト集全サ実施
最新情報はこちら▼
[ルチルポータルサイト]
http://rutile-official.jp

5

自分からアクションを起こすことができたのは、おそらく相楽の励ましを受けたおかげだ。初めて訪れた編集部で、応接コーナーに案内され、椅子の上で緊張しながらも瑠加はそんなことを思っていた。

勇気を奮って電話をかけて、そこからは早かった。ああ、斎京さん。一度お話ししたいと思っていたんですよ。

一念発起、というのも憚《はばか》られるようなあっけなさ。世の中は、意外と簡単に回っているのかもしれない。

と、気を抜きかけたとき、

「いやいや、お待たせしまして、もうしわけない」

明るい声がして、創明社《そうめいしゃ》の渡辺《わたなべ》という編集長が応接コーナーに入ってきた。四十過ぎの恰《かっ》幅《ぷく》のいい男で、後ろに若い男を従えている。メタルフレームのメガネをかけた、真面目そうな顔を見て、瑠加の脳裏に遠い昔のことが浮かんだ。あのころ、相楽と仲良くしていたのは、学年トップを争っているという相手だった。水槽に嵌まった瑠加を、感動のない目で見ていた。見た目通りのクールな秀才らしかった。

今も思い出すと、いまいましい気持ちになる。瑠加は記憶をひとまず宝箱にしまっておく。

「先日はどうも、失礼しました」

渡辺の言う「先日」は、瑠加が電話をかけたときのことではなく、鴇田正彦のパーティを指しているのだろう。

「いえ、こちらこそ。今ごろになって厚かましくお電話など差し上げまして、大変失礼いたしました」

言いながら、瑠加はバッグを探り、あのときは所持すらしていなかった名刺を取り出す。笹沢からはさまざまなアドバイスを受けたが、名刺を作れとは言われなかった。事実、笹沢にくっついていったパーティでは、笹沢自身が名刺より饒舌《じょうぜつ》に、瑠加をさまざまな人々に紹介してくれたし、よけいな人づきあいを嫌う瑠加にはそれでじゅうぶんだった。

「おや。名刺を作られたんですね。ありがたく頂戴《ちょうだい》いたします」

受け取った手で、拝むような仕草をした後、渡辺は隣に坐《すわ》った男を目でうながした。男は、すでに手にした名刺を瑠加に差し出す。

創明社　書籍編集部
海外担当　澤本友基《さわもとゆうき》

所属は渡辺と同じだ。直属の部下なのだろう。

「この澤本が、今後先生を担当させていただくことになります」

予想通りだった。先生、と呼ばれたのだけは予想外だったが、あえて訂正は求めず澤本に向かって、瑠加は低頭した。

「よろしくお願いします」

「こちらこそ、いろいろ至らない点もあるでしょうが、いいお仕事になるよう全力でサポートいたしますので、なんでもおっしゃって下さい」

見た目を裏切らず、真面目な男であるようだ。澤本は、いくぶん緊張もしているらしかった。

「さっそくですが、お仕事の話に入らせていただいてよろしいですか？」

澤本は、続けて言う。女子社員が、パーティションの向こうから現れた。手にしたトレイに、コーヒーのプラカップが三つ載っている。


打ち合わせを終え、「これから軽く食事でも」という誘いを、瑠加は適当ないいわけをつけて辞退した。少し感じが悪かったかと思うものの、初対面の相手とはなかなかうちとけることができない。澤本は、思ったよりもくだけた男だったが、それでもいきなり差し向かいというのは、瑠加にとって気が重いことだった、だが、次の仕事も決まり、なんとか最初の一歩を踏み出すことはできたようである。

少し気になったのは、渡辺が、暗に「青樹書店の笹沢さんが囲いこんでいるせいで、斎京先生に仕事を頼みたくても頼めなかった」と匂わせる発言をしたことだ。

それはおそらく、事実なのだろうが、他社から正式なオファーがきているということすら、瑠加は知らなかったのだ。嫌だな、と感じた。しかし、創明社ビルを一歩出ると、心地のいい風がふわりと瑠加をとりまいて、久しぶりに地上に顔を出したモグラみたいな解放感をおぼえる。不愉快な推測などは、どこかへ霧散してしまった。

穏やかな五月の夕暮れだ。六時過ぎ。さすがに相楽はまだ勤務中だろう。

まったく、父親さえいなければと思い、瑠加はすぐに自己矛盾に気がついて苦笑した。言うまでもなく、父がいなければ相楽は今、瑠加の近くにいない。

だがそれは結果論であり、毎年別荘を訪れるうちに、地元の子どもと顔見知りになることはよくある。どのみち、相楽とは出会っていたのではないか。

——ちょっと都合がよすぎるか。

それにしても、最近は気を抜くとすぐに相楽のことを考えてしまう。なんなのだろう。他人の存在やその意思を、ここまで真剣になって考えるなどとは。

恋。そう思い、やはりちょっと笑ってしまう。そんなわけがない。

瑠加には、ほとんど恋愛経験がない。一方的に想いを寄せられたことならある程度。小学校から大学まで通った私立校は共学だったから、年に五人ぐらいのペースで告白されたことはあった。

それらのアプローチに、まったく応えなかったというわけではなく、中学と高校のとき、それぞれ一人ずつつきあった女子はいた。特に嫌でもないからつきあう、という程度では、長続きはしなかったが。

どうやら自分は、女の子やデートや親を騙《だま》して一泊旅行といったアイテムにまったく関心がないらしいと気づいて、大学時代はいっさい、そういうアプローチを受けなかった。ルカは誰ともつきあわない、と内進組の仲間が言いふらしてくれたので、二年になる頃には色恋沙汰のない学生生活を楽しんだ。

その間ずっと、傍《そば》に相楽がいたし、相楽さえいればいいと思っていた——今も、きっとそうなのだろう。自分みたいな人間には、きっと愛して愛されるという平等な関係を他人との間に築くことができない。

あきらめているというのでもない。ただ、そういう予感がしている。

もし、相楽が誰かと結婚するなどと言い出したら。

ふと過ったその想像に、仮定であるにもかかわらず、瑠加は腹を立てた。そんなことは許さない。相楽を繋いでいるのは自分だ。その首から伸びた透明な鎖を、一生手放すことはないだろう。

珍しく、家族が揃った土曜の夜だ。

朝から自室で、創明社から依頼された仕事に取り組んでいた瑠加が、夕飯を摂るべく階下へ降りていくと、ダイニングテーブルに両親と理以がすでに着席していた。

ダイニングの入り口でその光景を目にした瑠加は、驚きのあまりそこに立ちつくしてしまう。そういえば、この週末はひさしぶりに家にいると聞いた気がする。しかし。

「なにをしている、瑠加」

父が眉を上げた。その向かいの席に着いていた母親が、振り返って瑠加の姿を認める。

「入るなら入る、引き返すなら引き返すでさっさとしなさい。ぐずぐずしていないで」

「あなたったら、またそういう言い方、瑠加に――」

「きみは黙りなさい」

言われた通り、母は口をつぐむ。

一瞬にしてむかついていた。瑠加も、父の言葉に従って、今すぐ引き返してやろうかと思う。だが、ふと見ればダイニングテーブルには、五人分の席が作ってあるのに気づいた。今日は和食らしい。箸《はし》置きと茶碗が、瑠加の隣の席にセットされている。

客用のものではなかった。ということは――思考を巡らせるより先に、瑠加ははっと振り返る。

相楽も、やや驚いたように瑠加を見ていた。糊《のり》のきいた白いシャツに、紺色のジャケットを羽織っている。よそ行きというほどではないにせよ、少なくとも部屋で寛《くつろ》いでいるというスタイルではない。

「――遅くなりまして、もうしわけございません」

「ああ。相楽、早く入りなさい。そこの木偶《でく》の棒にはかまわなくていいから」

木偶とはまた、言ってくれるものである。いつもなら、このまま踵を返すところだ。

しかし、瑠加はそうせず、さっさと自席に着いた。

やや鼻白むようなそぶりを見せたものの、相楽もダイニングに足を踏み入れてくる。

隣で椅子を引く気配に、全神経を集中させ、相楽が着席したのを感じて瑠加は内心、ほっとした。

気がつけば、向かいから、理以がにやにやとこちらを見ている。

「なにか？」と、瑠加は目だけで問うた。「べつに」と、理以も目の表情だけで返してくる。

くそ生意気な弟だが、その勘の鋭さは侮れない。だが、勘づくといったって、いったいなにを嗅《か》ぎ当ててるというのか。

警戒するほうがおかしいのだ。後ろめたさを感じなければならない理由などない。

なのに、相楽がいる右側だけ体温が上がったみたいだった。瑠加は当惑する。

「ひさしぶりだな、相楽とこうして食卓を囲むのは」

父が言う。相楽に、というよりは全員にかけた言葉のようだった。しかし、どう反応しろというのだ。

「お気遣いいただきまして、恐縮です」

瑠加は横目に、低頭する相楽の、かしこまった動作を見た。父に視線を送ると、満足げにうなずいている。

「どうだ、瑠加。翻訳のほうは」

出し抜けに問われた。ふいうちを食らった瑠加は、「は?」とまぬけな声を発しそうになって、あわててブレーキを踏む。

「おかげさまで、なんとか。今は、創明社の仕事をしています」

「創明社?」

母親のほうが先に反応した。

「いいところじゃないの。そんな一流の会社から、お声をかけていただけるなんて、すごいじゃない瑠加」

声をかけられたのではなく、自ら営業で勝ち取った仕事ではあるのだが、喜ぶ母親に水をさすこともない。瑠加は、控えめに謝意を表した。

隣席で、相楽が身じろぎをした。瑠加はさりげなく視線を滑らせる。相楽も、驚いた顔だ。

まだ、創明社に出向いたことを報告していない――つい昨日のことだし、父親が会食で帰宅は深夜になった。そんな時間帯に、離れを訪ねていいものか、さすがに瑠加もためらったのだ。

「まだ結果を出したわけではないんだろう。喜ぶのは、その後にしなさい」

妻をたしなめた父だが、

「ともあれ、順調なようだな」

まんざらでもなさそうに言う。瑠加は、母親にしたのと同じように軽くうなずいてみせた。

「理以。おまえのほうはどうだ。しょっちゅう帰りが朝方になっているようだが、大学のほうはおろそかにしているわけではないだろうな？」

もしかすると、父親は「一家団欒《だんらん》」というやつをやろうとしているのだろうか？

瑠加はあきれた。時々、家長としての威厳を見せたがる父だが、なにもつきつけられなくとも、瑠加も理以もすでに成人だ。それなりに備わった常識で、父の威光などとうに承知している。

同じようなことを考えているのだろう。対面で理以も、ぎょっとしたように父を見ている。万事に如才のない弟でさえ、素になるくらい面食らったのか。

しかし理以は、すぐに気を取り直したようだった。

「大丈夫ですよ。まあ夜遊びにも精を出してはいますが……無事、六年で卒業できるでしょう」

「予測じゃしょうがない。卒業だけしても、どうにもならんのだからな」

「もちろん、国家試験も突破しますよ、お父さん。僕がヘタを打つわけがないじゃありませんか」

いつものごとく、理以は自信満々だ。が、本人いわく、努力に裏打ちされての自信だと聞いているから、いつもみたいには瑠加も反感をおぼえない。

「大した自信家だな。まあ、無事に研修期間を終えるまで、評価は保留しておくが」

尊大さはいつもと変わらないが、どうにか一家団欒は進行する。いちいちあいづちをうったり、各人の話にさも関心のあるそぶりを見せなければならない必要も生じ、ダイニングを後にしたときは、いつもの倍は疲れていた。

理以は残って、そのままリビングで父親の酒につきあうようだ。

瑠加の限界はとうに越えていたから、仕事を理由に引き上げる。が、まっすぐ自室には向かわず、

「相楽」

玄関で靴を履いている背中に声をかけた。相楽が振り返る。

「……ちょっと、行っていいか？」

無言で承諾の意を表す。瑠加は安堵して、そういう自分にややいらだつ。瑠加の申し入れを、相楽が拒否するわけもなく、拒否などさせない。

いまだに、相楽に対するときだけは強気だな、と皮肉な思いが湧いた。父親が仕掛けてくるホームドラマには、逆らえなかったくせに。

「仕事のことだけど……いや、翻訳の」

離れに上がりこみ、相楽にビールを要求した後、瑠加は切り出した。

「ああ」

相楽も、缶ビールのプルタブを押し開けながらうなずく。

「すごいじゃないか、創明社。旦那様たちも喜んでおられたし」

「親父もおふくろも、見栄っ張りだからな。俺の仕事が順調なことじゃなくて、大手と仕事をしている息子、が嬉しいんだろうよ」

相楽は、今度はうなずかない。咎《とが》める目つきではないが、同意を得られないのは不本意なことだった。

「——まあいいけど」

結局、そういう両親のことも受け容れる姿勢を見せなくてはならない。瑠加はぐいとビールを呷《あお》る。

「そういうことが言いたかったわけじゃなくてさ」

喉《のど》を湿し、やや言い淀《よど》む瑠加を、相楽は真面目な顔で見つめている。

胸が高鳴った。ますます緊張したが、相手はたかが相楽ではないかと、瑠加は自分に言い聞かせる。

いや、相楽だからこそなのか……それもなにか不可解だったが、

「創明社が向こうから声かけてきたわけじゃなくて……」

ようやく切り出したら、後は簡単だった。

「俺のほうから、アプローチしたんだ。営業っていうの？　電話して」

「ほう」

相楽は、感心したような声を上げ、実際その目が喜ぶようにきらめいたから、瑠加はきまりが悪くなった。

喜んで——くれている？

「まあ、電話かけただけなんだけどな。俺のやったことなんて」

「だが、それをちゃんと仕事につなげたのは、瑠加の手腕だろう」

「手腕とか……」

やはり恥ずかしい。

そうではなくて、渡辺に連絡を取ろうと思ったのは、あのとき相楽が背中を押してくれたから——相楽にそんなつもりはなかったかもしれないが、「やってみなければはじまらない」と励ましてくれたためだ。

だが、心に浮かんだその事実も、口に出してしまうとどこか嘘っぽくなるような気がした。

おまえがそう言ってくれたから、勇気が出た。

嘘ではない。なのに、素直に感謝するのはつまり、自分らしくない。それが、瑠加の躊《ちゅう》躇《ちょ》の要因だ。

「——今まだ、創明だけだけど、なんとか形になって、軌道に乗ったら、他もあたってみようかと思ってる」

「ああ」

「名刺だけはいっぱい受け取ってるからな。それに、俺も名刺作っちゃったから。配っとかないと無駄になるだろ」

本末転倒な論理なのだが、相楽は笑わず、

「今まで、青樹書店のそいつが、根拠もなく瑠加を縛りつけていただけだって、わかっただろう?」

と、逆に訊ねてきた。

縛りつけて、という部分にこそ瑠加は反応したのだが、そこからとっさに連想したことは、仕事の話とはなんの関係もないものだった。

「ああ。あいつのろくでもなさは、よくわかったよ」

瑠加は、混ぜっ返すように言った。

縛りつけられているのは、おまえにだ。

言えばやはり、陳腐になる。十六年もの長きにわたる、相楽への執着と依存。最初はただの物欲だ。オモチャを欲しがるように、相楽を欲し、それがいけないことだったとわかったときにはもう、相楽なしの自分など考えられなくなっている。

もし突然、相楽にいなくなられたら、仕事に対する意欲なんてなくなる。

そして、ひたすら相楽の姿を求めてふらふら彷徨《さまよ》うのだろう。そんな自分ばかりが、やたらとリアルに想像できる。

こんなことはきっと、相楽からしたら薄気味の悪い話だ。

熱くなる耳とはうらはらに、妙に冷めた部分でそう考えた。

「つうか、俺にとっちゃむしろマイナス？　害毒？　なんであんなのと関わっちまったんだろうって。ああ、それは先輩のせいか。まったく、ろくなのがいないな、俺の周囲。これも人徳ってやつ？　ほら、杞塚とかさ。親父の秘書の」

ことさら自虐的に言い、瑠加は乾いた笑い声を上げた。自分でも、中身のないスカスカな声だと思った。

よけいな言葉なら、でまかせならいくらでも出て来る。だからといって、ここで杞塚の名まで出すなんて、予定外だった。ある種の緊張が働いているせいなのか。相楽の私室で、二人きり——。

自覚しているから、相楽を見るのが怖い。そっと視線を滑らせると、相楽はテーブルにビールの缶を置いた。

「たとえそうなんだとしても」

静かに言う。

「杞塚さんの件は、べつに瑠加が悪いわけじゃない。あの人は、ただ瑠加を惑わせたいだけだ」

いやにきっぱりとした口調だった。

「——ああ」

なんとなく理解してはいる。杞塚の、エリート然とした物腰の裏側にある、えたいの知れない闇。

「そうだな。なんで惑わそうとするのかは、さっぱりわからないけどね」

瑠加は、ビールをもう一口含んだ。

「たぶん、コンプレックス」

「コンプレックス？　あいつに、どんな」

「——断片的にしか知らないが、あれでけっこう苦労してるらしい。父親がヤクザ者で、家で杞塚さんや母親に暴力を振るっていたとか、逃げるように母親といっしょに家を出て、奨学金を受けて大学を出たとか」

「……へえ」

初耳だった。見かけとは結びつかない。上品「ぶって」と、瑠加に感じさせたものの正体は、あまり幸福とはいえない生い立ちにあるのだろうか。

そう言おうとしたら、相楽がこそりと喉を鳴らした。見れば、苦笑がその頬をいっそうシャープに削《そ》いでいる。

「俺も、ひとのことなんか言えないような生まれ育ちだが。なにしろ、親父の飲酒運転でふた親ともいっぺんに――」

「……、相楽はそういうことを言うな。似合わない」

瑠加は遮った。相楽が目を見開く。

「嫌なんだよ、そういうの聞くのは」

「――悪かった」

「謝るなよ！」

思わず声を荒げたが、瑠加には続く言葉の用意がない。

また気まずくなってしまうのだろうかと、瑠加はこのところ相楽と二人になるとおかしくなる空気のことを意識する。そこだけ磁場が狂うと言うか、どうもぎこちない。

それでいて、先だってのようには、床を蹴ってここから出ていこうという衝動は起こらなかった。瑠加はそんな自分を、不思議に思う。

相楽は言われた通りに口を鎖《とざ》していた。けっして相楽は、瑠加に逆らうことをしない。なのに、なぜだろう。相楽はひどく遠い。目の前にいても、届かない気がする。

この家に相楽を連れ帰った最初のうちは、瑠加は相楽を馬にして家中を歩きまわらせたり、膝《ひざ》の上に乗っかって階段の手すりを滑降させたり、そういう危険な遊びに耽《ふけ》ったものだ。寝るときもいっしょだったし、先に相楽が眠ってしまうと、瑠加は無理やり起こして自分が眠るまでは寝かせなかった。共に風呂に入って、瑠加のシャンプーはおろか身体《からだ》も洗うのが相楽の務めだった。

幼い瑠加が相楽にした仕打ちは、仕打ちといってもまあその程度だ。だがそれは、もっとエスカレートする前に怖れをなした瑠加が引き返したから、結果的にはその程度、となったというにすぎない。

あれ以上、身体をくっつけあう機会を持てば……そのまま大人になれば、きっともっと淫《いん》靡《び》で濃密な罪が二人の間に発生しただろう。事実、瑠加が相楽に劣情をもよおし、一人自分を慰めることはそう少なくない。

虚《むな》しい、一方的な行為を思い出し、瑠加は急いでそれを頭から追い払った。こんなときに、なにを考えているのだ、俺は。

相楽は、無言のままこちらを見ている。次に命じられることを、待つかのように。

「……言いたいことを、言っていいんだぞ?」

気がつくと、そう口走っていた。

瑠加は相楽の顔から目を離した。なにを言おうというのだろう。

「べつに、俺の言うことをなんでも聞かなきゃいけないわけじゃない……おまえは、親父に雇われているんだから」

「それは、もう俺は瑠加には用済みだということか？」

落ち着いた声が訊ねた。

そう返ってくるとは思っていなかったから、瑠加はとっさには答えられない。いや、と言ったきり黙ることになる。

「……用済みっていうなら、ずっと前からそうだろ」

暗に、相楽がこの状況をどう考えているのか知りたいとほのめかしたつもりだった。

ちょっと身じろぐ気配があって、降りてきた間に、瑠加の心臓は割れそうなほど痛む。

「そりゃそうだ」

掠《かす》れたような笑い声。我慢しきれず、瑠加は面を上げる。

相楽の顔は、深い森の奥にある湖の水面《みなも》みたいに動かない。

「た……タメといてそれかよ！」

結局は、瑠加が先に核心から逸れることになる。実は、操られているのは自分のほうなのでは、と疑心が湧くような空回り。

「…………」

相楽は、無言のままだ。おい、ここで変な間を開けるんじゃない、俺の努力を水に流すな、そう言いたいが、言えば確実に、もっとおかしい空気になる。

結局、瑠加も黙って相楽を見つめるきりだ。視線がもどかしく絡み合う——そんな気がするのは自分だけかもしれないが。だが、相楽の眸に、瑠加は発熱するような光を認めてはっとする。

瑠加が気づいたことに、相楽も気づいたようだ。互いの鼓動が、手に取るように伝わってくる間。これは錯覚ではないと、瑠加は確信している。確信しているのに、行動を起こせない。相楽の目が、さらなる熱を帯びてくる。なのに、言葉はない。

膠着《こうちゃく》した時間が、滾々《こんこん》と流れる。実際には、そう大した間でもなかったのかもしれない。

だが瑠加には、弱火でとろとろと炙《あぶ》られるようなひととき。苦しいのに、どこか居心地がいい——。

ふいと呪縛《じゅばく》が解けた。それも、二人同時に。

「——仕事、大丈夫なのか」

相楽は、もうなんでもないような顔をしている。

「まだ途中なんだろう?」

「あ……」

言ったきり、瑠加はただ唇を噛《か》んだ。

どうして魔法は解けてしまうのだろう。解けるから、魔法なのか。

そんな、詮《せん》ないつぶやきが胸のうちに浮かぶ。膠着しているときは、苦痛だったはずなのに。

「ああ――じゃあ、そろそろ戻る」

気まずさを胡麻化すように言い、瑠加は踵を返しかけた。

ふいに、背後から強い力が働いて、瑠加をその場に留《とど》まらせる。

相楽に後ろから抱きすくめられたのだ、とわかったときには、長い腕が瑠加の身体に回されていた。

「お……」

驚きに声も出ない瑠加の首筋に、相楽は首を埋《うず》めるようにする。さらりとした髪が肌に触れて、痛い。

いや、痛いのはそのせいではない。心臓が、十倍ほどにも膨れ上がり、今にも破裂しそうなのだ。

思わず、ごくりと生唾《なまつば》を呑んでしまう。

それが合図でもあったみたいに、またふいに身体が自由になった。

「――なんの……」

つもりだと言いたかったが、声が出ていないのに瑠加は気がつく。

せめて顔を見てやりたかった。どんな顔をして、今俺の後ろにいるんだよ？

だが振り返ることすらできなかった。相楽がそこにいると感じるだけで、背中が炎を噴き

そうだ。

瑠加は、急ぎ足で離れを出る。悪いことでもしたかのように、いっさんにそこから離れる。ずきずきと胸が痛い。母屋が妙に遠い。全速力で走る間、一度も呼吸をしていなかったと、辿《たど》り着いたときにようやく認識した。瑠加は膝に手をついて、身体を折る。

そこでまた目を瞠ることになった。狼狽のあまりなのか。相楽のサンダルを履いてきてしまったのだった。


向こうから言い出さない限り、知らんふりをしていようと思ったのだが、サンダルは休日によく相楽が履いているのを見かけるものだ。洗車をするときなど、足元はいつもこれ。と、考えると、返さないままでいるのは気がひける。かといって、一人で離れに行くのもためらわれる。

瑠加は自室の机に載せた靴箱を、もう小一時間ばかり眺めてため息をついている。玄関のシューロッカーから、適当なのを持ってきたのだ。

靴箱にサンダルを入れ、その横で仕事をしはじめたが、気が散って集中できない。箱に蓋《ふた》をしたほうがいいのだろう。変哲もない青いゴムのサンダルが、それを履いているときの相楽を想像させすぎるのだ。

昨夜のことが、幻みたいに脳裏に蘇る《よみがえ》。帰ろうとして背を向けた瑠加を、ふいに抱きしめてきた、相楽の腕。背中にあたる、広い胸は温かかった。まるで瑠加の真ん中まで明るく照らすかのように。その感覚が蘇ると、瑠加の下腹は熱くなる。ごく自然に、手がイージーパンツのウエストから中に入る。その下にある兆しを握る。

目を閉じると、目裏に相楽の静かな面が浮かんだ。静かなのに、その目にはひそやかな炎が燃え立っている。指を動かす。文字通り、慰めるように凶暴な熱の源をゆっくりと刺激した。やがてたまらない射精感が襲ってきて、瑠加は急いでティッシュを摑み取り、その中に精を吐き出した。

小さな喘《あえ》ぎが漏れる。こんなことをしたって、なにかが変わるわけでもない。無為な想いを虚しく確認するだけだ。胸を叩いていた鼓動が、少しずつ治まっていく。なんの意味もない行為。

だが、それでも。この先、どんなことが起きても、自分はきっと思い出すだろう。何度でも。思い出して、淫《みだ》らな妄想に耽るのだ――。

けりをつけるように、また小さく息を吐いて、瑠加は靴箱の蓋を閉めた。両手で持ち、立ち上がる。借りた物は返さなければならない。あたりまえだ。

玄関ホールでは、理以が一人、騒いでいた。瑠加は足を止めた。いでたちからして、出かけるところなのだろう。日曜の昼間に、理以が家にいるほうが珍しい。そういえば、昨日は奇跡的に家族揃って食卓を囲んだのだった。椿事《ちんじ》というには大げさだが、珍しいできごとは、そう続いて起きない。

「あ、兄貴」

理以が瑠加に気がついたのと、奥から母親が姿を現したのがほぼ同時だった。

「なにごとなの、理以？　――あら、瑠加も」

「いや、僕はたまたま」

どうやら、理以の大声を聞きつけて、母は出てきたらしい。誰も互いの用事を知らないまま、一瞬三角形の視線の交差が行われる。

「――おい、兄貴だろう」

一拍おいて、理以が瑠加に指をつきつけた。

「なにが」

「俺の靴！　グッチのソフトモカシンだよ。ベージュのやつ。あっ、まさにその箱に入ってたんだった！」

「いや、これは……中は空だったんだけど」

瑠加はだいたいのことを悟った。昨夜、瑠加が離れに行く際に、適当に履いた靴。それが、今理以が探しているソフトモカシンとやらなのだろう。ベージュで、自分のものでなかったことぐらいしか、記憶にないが。

それが今、離れにあることを言おうとして、瑠加は躊躇した。脳裏に、さっきまで反芻していた場面が浮かび、母親や理以に気取《けど》られることもないだろうに、口をつぐむことになる。疾しさ？　――いや、人に教えたら減るかもしれない、というさもしさからの沈黙だった。

「じゃ、なにが入ってんだよ」

理以が追及してくる。まったく、靴なんて何十足も持っているくせに、なんで今日に限ってあれに執着するのだ。

「相楽に借りた靴だよ」

しかたなく、瑠加は半分だけは真実を明かした。

「借りた？」

「昨夜、離れに行ったときに。借りたというか、間違えて履いてきたみたいで……疑うなら、見れば」

無造作に、靴箱を玄関に置く。理以は蓋を開け、口をへの字にした。本気で瑠加を疑っていたのだろうか。いや、実際瑠加なのだが。

「わかった。疑ってごめん」

理以は納得したふうに蓋を元通りにすると、「じゃあ、どこやったんだろうなあ」とやはりしつこい。

間違えて履いてこなかったほうの靴について、理以が思い当たるより先にと、瑠加はそそくさ玄関を出た。

離れの戸は、閉まっていた。呼び鈴を押して、二分ばかり待ったが反応はない。

「…………」

瑠加は、扉の脇の小窓に耳をつけた。いつかのように、入浴中ということもある——日曜の昼間に、それはさすがに考えにくかったが。

結局、あきらめて箱を離れの前に置き、瑠加は母屋へ引き返す。こちらもあきらめたか、理以は他の靴で出かけたようだった。

ほんとうは、まだ心当たりがある。休日に離れではないとなれば、その他の相楽の行き先——アパートに行っているに違いないのだ。父親には今日、ゴルフの予定がない。

あの、殺風景な部屋が脳裏に浮かぶ。相楽はあそこで、どんな時間を過ごしているのだろう。

まさか、来客を迎えているとか？　今までしたこともない想像が、妄想みたいにどんどん広がっていく。瑠加の知らない誰か。瑠加の知らないところで、知らないうちに出会った誰か？

ふいに唇をなにかが垂れていくのを感じ、瑠加は舌先でそれを掬《すく》った。金気臭い味が口の中に広がっていく。無意識のうちに、唇をきつく噛んでいたらしい——それも、血が出るほどに。

自分の知らないところで、他人がどんな行動をとろうと、それは当人の自由だ。

相楽は石でも、生命のない人形でもない。十二歳のあの夏に、瑠加自身がそれを確認したはずではなかったか。人一人の運命を操作することが、どんなに罪深いか。所有欲、独占欲……愚かしい妄執。

それでも、許せないと思うのだ。

なのに、たしかめるためにアパートへ向かうことをためらっている自分。それどころか、相楽の携帯を鳴らすことすら躊躇する。

二人きりになって、理性の箍《たが》が外れることを恐れている。なあ、どうしてあのとき、あんなふうに俺を? 抱きしめてくる腕の力強さ。首筋をくすぐった、髪の感触。相楽の匂い……。

囚われてしまっている。相楽の仕掛けたトラップに。そうして相楽はじわじわと、瑠加に復讐しようとしているのか。ある日突然、取り上げられた人生。囲いの中でしか生きられない不自由さ。

だが、だがと瑠加は自分の想像を自分で打ち消そうとする。それが嫌なら、相楽は逃げ出せばよかったのだ。足に括《くく》りつけられた、透明な鎖を断ち切って。いや、今獄に繋がれているのは瑠加だ。檻の中と外が、いつのまにか入れ換わっていたのか。

パソコンの脇に置いた携帯が、ふいに鳴った。

モニタから視線を移し、瑠加はちらりと震動し続けるそれを見やる。ため息を一つついて、手にとった。

――まただ。表示されている番号には、心当たりがない。そもそも、アドレスに登録していない番号なのだ。

無視しようかと思いながら、通話ボタンを結局は押す。

「――はい」

『………』

反応はない。もわりと苛立ちが、胸を押し上げた。

「もしもし?」

応答をうながすべく言うが、相手は無言のままである。

いたずら電話。瑠加は携帯を切り、ふたたび元の場所に置いた。もうこの番号からの着信には出ない。心に決めるのは、四回目だ。

ここ三日のあいだに、四回。そうたいした頻度でもない――嫌がらせとしては。

着信拒否するのは簡単だが、三日で四回という中途半端さがどうも気になって出てしまう。今回こそは、語りかける声が聞こえてくるかもしれないなどと考えて。なにかを期待しているわけではない。それとも、期待しているのか。

相楽。そんなはずはないのに、頭に浮かぶのはやはりそれだった。

あれから、邸内で何度か顔を合わせたが、瑠加のほうから話しかけることはなく、相楽からもない。

離れの前に置いたサンダルは、その日の夜には回収されていた。離れの窓には明かりがついていた。しかし瑠加は、呼び鈴を鳴らさずに母屋へ引き返した。

なにをためらっているのだろう。こと相楽に対しては、暴君としてふるまうのが自分の身上ではなかったのか。罪悪感を胡麻化すために、ことさら横柄に。

そんな虚勢も影をひそめたのに、視線は相楽の姿を探し、視界に捕えれば逸らす……中途半端なのは自分だ。

瑠加はパソコンを休止にして、携帯を摑んだ。

階下へ降りていくと、ちょうど玄関の扉が開いたところだった。杞塚を従えた父親が、入ってくる。

一瞬身構えた瑠加は、構えた姿勢のままで、二人を迎えることになる。

「なんだ瑠加。珍しいな。おまえが出迎えるとは」

そんなわけがないだろうと、瑠加はたちまち傲岸モードにチェンジし、胸の内で毒づく。

それより、開いたドアの隙間から聞こえてきた車のエンジン音が耳を衝いていた。

「おかえり」

そっけなく言い、ちらと杞塚に視線を走らせた。

いつも通り、定規で測ったような笑みを向けてくると杞塚は、

「お邪魔します」

言葉にも無駄がない。ややあって、家政婦が玄関に出てきた。

瑠加は足早に、玄関の外に出る。ガレージに向かうと、開いたシャッターの中に父の送迎用のベンツがするすると入っていくのが見えた。

エンジン音が止まる。携帯を握りしめたまま、瑠加はガレージの入り口を凝視する。

地味なスーツ姿が現れると、鼓動が痛いほど強く胸を叩いた。

相楽は、瑠加を見るとちょっと驚いたふうに足を止めた。

「瑠加――」

「おかえり。昨日、靴を返しといたんだけど。俺の靴も返してくれないかな」

頬が強張《こわば》る。必要以上に切り口上になっている、と思った。我ながらかわいげない。

「ああ」

合点がいったように、相楽はうなずく。そのまま、先に立って離れに向かう。

「実は、理以のなんだ」

少し離れてついて行きながら、瑠加はもう少し友好的に話しかけた。相楽が振り返る。

「あのモカシン。グッチだって」

「そうか」

「学生のくせに、生意気だよな。落書きでもしといてやろうか」

前を行く背中が、ちょっと震えた。

「なにがおかしい？」

「いや、その発想」

振り返った相楽は、いつになく愉快そうにこちらを見た。それだけで容易《たやす》くうろたえ、言い返す言葉を頭の中で編みはじめたとき、手の中で携帯が光りはじめた。

びくりとして、瑠加はなぜか相楽を見上げる。相楽は小首をかしげた。瑠加はフリップを開き、あの番号を見て固まった。

「――出ないのか？」

震動する携帯を眺め、相楽が問う。

「いや、イタ電だから」

「いたずらって、なんで」

「それがわかったら、イタ電なんか止《や》めさせてるよ」

間にいたずら電話というツールを挟むだけで、会話はごくスムーズに流れた。

相楽は無言で、だが迷いのない動作で瑠加の手にある携帯を取り上げた。

「もしもし？」

呼びかけて、耳を澄ましているようだ。

すぐに、眉根を寄せた。

「切れた」

「そりゃ、切れるさ。イタ電だからな」

「そんなにしょっちゅうかかってくるのか？　いつからだ」

「しょっちゅうってほどでもない。三日で五回……でも、今日だけで三回目だから、ちょっと頻度上がったかも」

「かも、じゃないだろう。誰なんだ」

「だから、それがわかったら止めさせてるって」

瑠加は再度、携帯を奪い返した。

ちょっと間があって、無言のまま見つめ合う。瑠加の胸に、速い鼓動が戻ってきた。

「——追及したほうがよくないか」

相楽も沈黙を嫌ったのか、間を破った。

「この番号？　うん、でも嫌がらせにしては回数少ないしな」

「少なかろうが、イタズラはイタズラだ」

「誰かが俺を狙ってるって？」

「瑠加——」

「うん。ヤバいかもしれないから、警護よろしく」

「警護？」

瑠加の脈絡についてこられないというように、相楽がまた眉間《みけん》をせばめる。

「創明社のパーティ。明々後日《しあさって》だけどさ」

「あ？　ああ、そういうことか」

相楽はほっとしたようにうなずいた。

「わかった」

瑠加は安堵をおぼえた。相楽との空気感が、元通りになったことに。

それに較べたら、いたずら電話などどうということはない。

興味も関心もない相手に対して笑顔を作るのは、魚にお辞儀を教えこむのに似ている。

いや、実際に魚を指導したことなどないが、そのくらい無意味なことではないのかと思いながら、瑠加は目の前にいる恰幅のいい老人に低頭した。

「ほう。これはまた、お若い方ですな」

相手は、脂ぎった笑みをこちらに向けてくる。

「美青年でしょう？　斎京さんには、これから弊社でばりばりやっていただく予定ですので、請うご期待」

「……あんまりハードル上げないで下さいよ、渡辺さん」

瑠加は、底の部分を紙ナプキンで包んだグラスを手にしている。ほとんど残っていない水割りは、やや濃いめだ。

純利益は業界ナンバーワンとも言われる創明社だから、パーティの飲み物にも太っ腹なのだろうか、などと馬鹿げたことを考える。

目の前の老人も、同じようにグラスを持っている。透明な液体は、会場に入る際に差し出されたトレイにはたしかなかった。特別に、好みの飲みものを作らせたのだろう。瑠加も作品を読んだことのある、時代小説の大家である。面白い本だったが、だからといって、作者本人には興味を惹《ひ》かれないものなんだなと、瑠加は一人になったら苦笑いが出そうなことを考えた。

瑠加の隣には、澤本が控えている。担当とその所属長とに挟まれている状態。だからなのか、時おり通りかかる顔見知りが、声をかけるのをためらうみたいに会釈だけして離れていく。

よけいな挨拶の機会が増えないのだけはありがたい。

「うん？　なにをおっしゃいますか。このぐらいのハードルは、うちでは当たり前ですから」

渡辺は、身体を揺すって大笑いする。

「……すいません。酒が入ると誇大妄想気味になるんです」

時代小説家と話しこむ体勢に入った渡辺を措き、澤本が瑠加を目顔でうながした。二人は並んで、そこを離れた。飲み物をとってこようという名目だ。

新しい水割りを手にすると、澤本が謝ってきた。

「わかります」

瑠加は苦笑する。渡辺にも、笹沢みたいな裏の顔があるかどうか、つきあって日が浅いせいもあり、まだ見極めがついていない。

「でも、裏表はない人間ですので」

するとそんな瑠加の胸中を読んだかのように澤本が言った。瑠加はどきりとしたが、表向きは冷静さを装ったまま、

「それもわかります」

同じ言葉を繰り返した。にやりとすると、生真面目そうな澤本とて、じゅうぶん悪玉に見えるなと、あさってなことをまた考えた。

澤本とは、今のところうまくいっているのだろう。納得のいかない点についてはびしびし追及してくるが、自分の意見を押しつけるというのではない。話し合いで納得がいけば、相手に譲るにやぶさかでないタイプ。変なプライドや、スタンドプレイに走る、つまりは笹沢と同じ欠点はない、というだけで百パーセント信用をおいてはいけないだろう。しかし、澤本には瑠加を辟易《へきえき》させるようなところがない。このまま、うまくやっていけると思う。仕事相手としては、それでじゅうぶんだった。

「まだ仕事がはじまったばかりなので、いろいろご相談させていただくのを遠慮してますけど、そのうち僕のプランなんかも聞いていただいて、いっしょに検討させていただけるとありがたいです」

——馬車馬のごとく働かせる、そういう宣言か。瑠加は頭を働かせ、心中で苦笑する。

「お手柔らかにお願いします」

社交辞令的に微笑《ほほえ》んだとき、二人に近づいてきた影がある。

「澤本くん。お久しぶり」

鮮やかなエメラルドグリーンのドレスに、細身の身体を包んだ女だった。三十前後だろうか。明るい色の髪は爆発したように膨らみ、胸の切れこみが、たとえば同年代のOLなら尻ごみしそうに深い。ほとんど腹のほうまで開いていて、胸元をきらきら光るブローチで留めることでかろうじて公序良俗を守っているという風情。

「吉井《よしい》さん。ほんとうにお久しぶりじゃないですか」

澤本が返すと、「お見限りじゃない？」と笑う。やや大きめだが、そこがチャームポイントになっている唇に赤い口紅が似合っていた。美人というほどではないものの、華やいだ容貌で目を惹くタイプだ。

「吉井紗世《さよ》さんです。ご存じですよね」

「あ、はい。もちろん」

十年ほど前、大学在学中に本格ミステリー系の新人賞を受賞してデビューし、順調にキャリアを重ねている作家だ。

「中学生のとき、デビュー作を拝読しました」

「あら、デビュー作だけ？　っていうか、若さを強調？　誰なの澤本くん、この失礼な超美形は」

吉井はぽんぽんと言うが、気分を害したふうでもない。むしろ、興味深げに瑠加を覗きこんでくる。瑠加より少し、目線が高い位置にある。十センチはありそうなヒールの分を差し引いても、長身のほうだろう。

「いや、だけっていうことは……」

言いかかって、瑠加はやめた。他はというと、学生時代に二冊ほど読んでいるが、「三冊読みました」では、かえって失礼にあたるだろう。

「斎京瑠加さんとおっしゃいまして、翻訳家です」

澤本にうながされ、瑠加はジャケットの内ポケットから名刺入れを取り出した。吉井紗世が先に差し出してくるのを、恐縮しつつ受け取り、自分のほうも相手に渡す。名刺交換の儀には、まだ馴れていない。

「うちでは、まだお仕事がはじまったばかりなんですが、青樹書店さんのほうでずっと——ああ、そうだ、斎京さんも大学時代にデビューされたんですよね？」

「いや、デビューとかそんなおおげさなものでは……」

目の前の女流作家と同等な扱いを受けるなど、おこがましいにもほどがある。瑠加は手を振って否定したが、吉井は、

「ほんとだ。字面を拝見して、思い出しました。『ビッグショット』を翻訳された方ね？あらやだ、こんなお若い方だったの」

と、驚いたように目を瞠る。

「はい。……吉井先生にお読みいただいていたとは、お恥ずかしい限りです」

それは、笹沢とのいちばん大きい仕事だ。瑠加の胸中は複雑だったが、そう言って軽く低頭した。

「あらあら、ご謙遜……それに、先生はやめて。サヨでいいから」

「いや、それは――」

澤本が「吉井さん」と呼んだので、そうではないかと思ってはいたものの、さすがに初対面の相手、それも年上の異性を呼び捨てにはできない。だが、特に女流には先生呼びを嫌う作家がたしかに多いと、乏しい経験上知ってもいた。

「いいじゃないの、どうせ本名じゃないんだし。失礼には当たらないわよ、ねえ?」

「いやいや。吉井先生は、ああいう作品も読まれるんですね。そっちのほうにびっくりですよ」

「あら、読み屋としては、ガチガチのパズラーしか受けつけないとか思ってた? まあ、当たってるんだけど。青樹の担当が面白いです傑作ですって、あんまりプッシュすごいものだから。実際、面白かったしね。自分も冒険小説を書いてみたいかは別として」

「是非、お書きになって下さい。吉井さんなら、きっと傑作をものされると思います」

「もう。真面目な顔して、澤本くんたら調子がいいんだから」

吉井は澤本に一瞥《いちべつ》をくれてから、瑠加に視線を戻す。

「だけど、訳したのがこんな美形だと知ってたら、献本じゃなく書店で買うんだった」

いたずらっぽく微笑まれ、瑠加はどぎまぎした。

「って、もらって読んだんかーい！　……いちおうつっこんでおきますけど、弊社の本ではないので、ウェルカムです」

澤本も、ややおちゃらけて返す。

「嫌ねえ、そんな本当のことを」

吉井はさらに乗り、「あ」と心持ち眉をひそめた。

「どうかなさいましたか？」

澤本は、吉井の視線を追うようにして、振り返る。

「……ううん。ちょっとね」

歯切れのいい喋《しゃべ》りが、急に曖昧《あいまい》なものになった。吉井はすぐに視線を巡らせ、

「――瀬戸川《せとがわ》さんが、お見えになっていたようだから」

ふたたび眉根を寄せる。

「瀬戸川……肇《はじめ》」

瑠加は、ほぼ反射的につぶやいていた。同時に、笹沢の顔が目裏に再生されている。瀬戸川肇。笹沢と決裂し、青樹書店の仕事を事実上放棄することになった原因。

「そう、その瀬戸川さん」

どうやら吉井は、他作家を呼ぶときにも「先生」はつけない主義らしい。「先生」呼びそのものを、嫌うタイプなのかもしれない。

その名を繰り返してから、吉井は唐突に目の前の丸テーブルに手を伸ばした。そこに無造作に置いてあったタバコとライターは、吉井のものだったらしい。メンソールでも、マルボロにはあまり女が吸うイメージがなかった。瑠加の周囲には、喫煙習慣のある異性は皆無だから、いかにも勝手な印象ではあるが。

ライターのほうは、逆に女持ちらしい華奢な銀色の円筒形だった。堂に入った仕草で一本咥《くわ》え、手を差し伸べた澤本を制して自ら火をつける。

ゆっくりと吸いこみ、また倍の時間をかけて煙を吐き出すまで、吉井の次の言葉を瑠加たちは待たなければならなかった。

「――いえね」

天井に向かっていく紫煙を見送るように目を細め、吉井は現世に戻ってきた。

「深刻なスランプって聞いていたから。こういう場では、二年ぐらいお見かけしていなかったし」

と、瀬戸川の姿に目を瞠った理由を明かす。ああ、と澤本。

「伝聞ですが、伺ってます。うちでも、書き下ろしのお約束が――滞って何年だったかなあ……？　僕が入社したときに出たのが、最後の新作だったような。最後の新作ってのも、おを考えた。

吉井が確認するように問い、澤本がうなずく。相楽と同学年だ、と瑠加はあさってなこと
「澤本くんは、五年目だっけ」
かしな言い方ですけど」

だが、今も階上の車寄せあたりで待機しているはずの、その男のイメージを瑠加が脳内の
スクリーンに描く前に、
「まあ、私みたいに本格もホラーもなんて雑食とは違って、あの方の作風は王道のパズラー
だわよね」

吉井が続けて、瑠加を現世に引き戻した。
「そうぽんぽんと発表できそうな感じはないですね、たしかに。いつもメイントリックに新
機軸を加えてくる方だし、大変そうです。いや、よくアイデアが尽きないもんだと、感心し
ますよ、ほんと」
「悪かったわね、三か月おきに新作出して」
「いやいや、それはそれでご立派です」
「お上手ねえ」

吉井は艶《つや》っぽい笑みを澤本に投げかけ、「それがね」と話を戻す。
「まあ、こうインターバルが長いと、変な噂《うわさ》も回るって話なのかもしれないけど」

「噂ってなんですか？　僕、聞いたことないですよ」

「うん。だから、ごくごく内輪の……煮しめたようなマニアだけの集まりで出た話だと思って聞いてね」

「煮しめたようなマニアが集まるというと、あの版元さんのパーティですかねえ……」

「だーかーら。そういう詮索なしで聞いてくれないんだったら、この話は終了」

早くも推理をはじめた澤本に、吉井が軽く指導を与える。瑠加の胸に、不安の黒い雲が広がりはじめる……この話、どうしても聞かなければならないのだろうか。

「わかりました、掘り下げません」

澤本は、こめかみに指を揃えて敬礼のまねをした。

「ほんとかしらね？　――で、あくまで与太話なんだけど。あんまりスランプなもので、それこそアイデアが涸《か》れたのかも？　最近、ミステリー系新人賞の下読み委員を、片っ端から飲みに誘ってるみたいよ。ううん、瀬戸川さん本人じゃなくって、某社の担当さんが」

心臓が、小さく跳ねた。嫌な予感が的中した、と言っていいのだろうか。

「ええっ!?　それってつまり、投稿作から使えそうなアイデアを頂戴、なんて話なんですか」

さすがに声のトーンは落としたものの、澤本は驚きを露《あら》わにして訊ねる。

「そういう話――もちろん、そんなの許されることではないけどね」

吉井はふうと、長い煙をまた吐き出した。

「同じ担当さんだけど、未訳の海外作品なんかにもあたってるってよ」

言葉つきも、吐き捨てるようだ。同じジャンルの後輩作家としては、先輩のそんな「不正」が許せないのか。たとえ、まだ噂の段階にすぎなくとも。そして、吉井自身がけっこうな本格ミステリー愛好家なのだろうから。

そして、瑠加はそれが噂ではないと知っている。新人賞云々《うんぬん》は知らないものの、誰もまだ知らない海外作のトリックを「参考」にするというアイデアのほうは、少なくとも事実である。なら、新人賞の件もほんとうなのだろうか。下読みというのは、大きな賞ではプロの書評家やライターが担当することが多い。さすがに彼らを抱きこむのは難しいとは思うが、駆け出しの作家や、大学のミステリー研究会部員などのアルバイトなら、どうだろう。

「いや、俄《にわ》かには信じ難いお話ですねえ……それこそ、小説のネタとしてなら、あり得るかもしれないですが」

「だから与太話だってば」

言いつつ、吉井の眉間からは縦じわが消えない。

「まあ——そのうち、澤本くんの耳にもいろいろ入ってくるわよ」

「ちょっとちょっと。与太話じゃないじゃないですか、僕みたいな他社の編集にまで回ってくるんだったら」

どっちなんです？　と、澤本は焦り顔になる。ふふ、と吉井は笑う。

「でも、ああして瀬戸川さんが公の場に堂々と出てこられてるということは、解決したのかもね」

「スランプがですか？」

瑠加は思わず訊ねた。

「それはわからないけど、きな臭い話のほうは」

「盗用完了みたいな、ですか？　いや、まさかな……」

澤本はさかんに首を捻《ひね》っていたが、

「まあ、青樹さんは来年創立五十周年で、書き下ろしミステリー全集っていう企画をぶち上げてますから。瀬戸川先生の作品も、ぜひ欲しいというところなんでしょうね」

と、半ば無理やり落としどころを見つけたようだ。

「だからって、誰かのアイデアをいただくなんて、いただけないけどね」

「吉井さん……ですから、その真偽のほどは」

「あくまで噂よ？」

と、吉井はふたたびいたずらっぽい表情になる。

「スタンドプレイした編集者には、それなりのペナルティが課せられたっていうわ。私が聞いたのは、ここまで」

「ペナルティ……」

澤本は声に出し、瑠加は胸の内で同じことをつぶやいた。

「コンプライアンスは遵守されたわけね。噂だけど」

「いやに具体的な噂なんですね」

吉井はふふ、と笑った。

「物書きは、基本的に探究心が強いのよ」

つまり、噂を聞きつけて、それぞれが可能な限り情報収集し、結果を持ち寄ったというわけなのか。

瑠加にとって、過程はどうでもいい。その真偽のほどもわかっている。重要なのは、ペナルティを課せられたというのが、瑠加の想像にある編集者なのかということだ。

「ごめんごめん。嫌な話しちゃったわね。さあ、飲みましょう！」

吉井はワイングラスを掲げ、三人は特に意味もなく乾杯をした。

その後も、澤本は瑠加を伴って、何人かの出席者に紹介した。他社の編集者もちらほら混ざっているが、創明社としては気にしない方針のようである。また名刺が溜《た》まっていくが、澤本は瑠加の容姿を持ち上げるような紹介の仕方はしなかったから、嫌な気持ちになることもなく交歓の儀に臨んだ。他社の編集者とも、積極的に言葉を交わす。

とはいえ、挨拶回りはやはり、疲れることだった。時計を見ると、まだ三十分ほどしか経《た》っていない。二時間ぐらいは頭を下げていた気がするのだが。瑠加は澤本に「手洗いに行く」

と告げ、実際には庭園のほうに向かった。このホテルでは、地下一階に庭園がある。

自動ドアから外に出た。ゴールデンウィークを過ぎても、夜はまだ寒いくらいだ。冷たい夜風が、アルコールに温まった身体に心地いい。

桜並木は、もう残らず花を落としていた。代わって、サツキの植えこみが鮮やかだ。赤とピンクの濃淡が、夜暗に浮かぶようにライトアップされている。

広い庭園だ。中央に大きな池があり、赤い太鼓橋がかかっている。瑠加と同じくパーティの招待客なのか、あるいは宿泊客だろうか。人影が遠景となって池のむこうに見受けられた。

瑠加は橋の真ん中で、欄干に凭《もた》れるように水面を見下ろした。魚影が時おり、静かな水の下に交錯する。その上に映る自分の影も、ゆらゆらと揺れ動く。

幻想的な光景に、ふと黒い人影が加わった。瑠加の背後から、被《かぶ》さるように。瑠加は振り返り、そして息を呑んだ。

「――笹沢さん。お見えになっていたんですね」

内心の動揺を押し隠し、瑠加はそう声をかけた。すぐに、相手が異様な姿であることに気がつく。

頭髪は乱れ、シャツはよれよれな上、裾《すそ》がパンツのベルトからはみ出ている。とりあえず引っかけた、というふうに羽織ったジャケットにも、しわが寄っていた。

ラフな身なりでも、清潔感だけは保っている男には、ありえない恰好《かっこう》だ。だがそれ以上に異変を感じさせるものは、笹沢の顔つきだった。

乱れた前髪が額にかかり、たくわえたというより、伸びるままにしていたらこうなったという風情の無精ひげが顔の半分を蔽っている。

そして、ガーデンライトに映し出されている二つの目……どろんと濁り、普通ではない精神状態を思わせた。瑠加の脳裏に、吉井紗世の言葉が再生される——アイデアの盗用を試みて、それなりのペナルティを課せられた瀬戸川肇の担当編集者。

それなりとは、どんな程度なのかは知らないが、颯爽とした男を幽鬼のような姿に変えるほどのペナルティだったことはたしかなようだ。最後に会ったとき、既に異様なものは感じていたが、それがさらに進行したという風情。というよりは、はっきりといかれている。

「……この、尻軽の嘘つきの裏切り者め！」

笹沢は瑠加をねめつけ、吐き散らすように罵《ののし》った。唾《つば》が飛ぶ。

「………………」

どれも、瑠加には特に心当たりのない罵倒《ばとう》だ。尻軽と裏切り者とは、笹沢と決裂してすぐに、創明社の仕事をはじめたことを指しているのかもしれないが、あとの一点に関してはよくわからない。

「僕には、笹沢さんに嘘をついたこともないし、裏切ったというのが創明社との仕事のことなら、僕だって干されっ放しは困るんです。たとえ、坊ちゃんの道楽でも、仕事は欲しいですし――」

瑠加はさりげなく皮肉を混ぜたが、

「創明社のことなんか、どうでもいいんだよ！」

また唾が飛んだ。瑠加は心持ち顎を引き、とばっちりを避ける。

「貴様が、あちこちであることないこと喋り散らしたせいで、俺がどんな目に遭ったと思ってやがんだ！　嘘つき！」

「……あの、意味がわかりませんが」

こんな状態の相手に、まともに反論したってしかたがないと思いつつ、やはりいわれのない誹りを受けるのは腹が立つ。

「僕は笹沢さんのことなんて、誰にも喋ってないですよ――あの、誰もまだ知らないトリックを参考にするために、海外作品の下訳を依頼された件を指すのならばですが」

それにだいたい、そこは嘘ではないし、と腹の中でつけ加える。

笹沢は、嫌な目つきで瑠加を見た。また、洞の目になっている。笹沢の顔の上部で、ぽっかりと開いた二つの闇。

「スカしやがって……」

ぎりぎりと、歯噛みの音すら聞こえてきそうなつぶやき。

「あんたはいいよな、いつだって安全圏だ。親も金持ちなら、食っていく心配なんてしたこともねえんだろう」

瑠加は困った。それは前にも聞きましたなどと返したら、さらに激昂するのが目に見えている。しかし、そのくらいしか言うべきことがない。

「なんで俺が干されて、あんたはのうのうと仕事続けてんだよ！」

「……干されたんですか」

吉井が仕入れたのは、噂話ではなく、事実だった。禁を破った編集者にペナルティが課せられたというところまで、ひとつながりの。いや、吉井は事実と知っていて、あえて「与太話」として語ったのかもしれない。

「でも、それはべつに僕のせいでは……ほんとうに、あの件は誰にも」

言いかけ、瑠加ははっとした。誰にも喋っていない――わけではない。

むろん、相楽がまさか他の者に漏らすはずはなく、また、そんな話に興味を抱くような知り合いもいないだろう。

しかし、誰にも言っていない、というのは少なくとも嘘だ。瑠加が言葉を止めたのは、そういう理由だった。

「あんたじゃなきゃ、誰がばらしたんだよ！」

「いや、知りません。というか、他にもどなたかに同じ話をもちかけたんじゃないんですか？笹沢さん」

「俺が悪いって言うのかよ！」

悪いだろう。少なくとも、善くはないだろう。言っていることがおかしい。まあ、姿恰好からして普通ではないのだが。

関わるのをやめることにした。瑠加は無言で、踵をめぐらした――が、後ろを向く前に肩を摑まれる。

「！」

「逃がさないぞ。堕ちるときは、あんたも一緒だ」

「……なんでそんな話になるんですか。いいかげんにして下さい」

瑠加もさすがに嫌悪を露わにした。

「なんだよ、その目は」

すると今度は、そんなことまで責めてくる。

「害虫でも見るような顔で見やがって……まあいい。二度とそんな目で俺を見られなくしてやる」

瑠加の肩を摑んだまま、笹沢はジャケットのポケットに手をつっこむ。そこが不自然に膨らんでいることに、瑠加は初めて気づく。嫌な予感がした。

取り出されたものは、青い瓶《びん》だった。薬品が入っているような形状である。

「……なんだかわかるか、え？」

笹沢が、ぐいと顔を近づける。魚臭い息が、瑠加にかかる。

ぞっとした。完全に目が据わっている。生理的な嫌悪に、鳥肌が立つ。

「硫酸だよ」

「っ！」

「その、おキレイな顔にたっぷりかけてやるよ」

「……や」

瑠加は恐怖に凍りついたが、笹沢が大きく振りかぶった腕を、そのとき後ろから掴む手があった。

相楽は、厳しい顔で笹沢を見ている。

「そんなことはさせない」

ぼそりと言った。安堵のあまり、瑠加は鼻の奥がつんとするのを感じた。相楽の、落ち着いた声が差し迫っていた恐怖を溶かしてゆく。

「な、なんだよてめーは」

「とりあえず、その手を離せ」

言って、相楽は笹沢の腕を捩じり上げた。

「く！　や、やめ……折れる！　折れるだろ！　どうすんだよ、折れたら」

「ひとの顔に劇薬をぶっかけようとしてるわりに、自分の身体は大事にするんだな」

「だ、誰だってそうだろう、くそ！　わかった、わかったから離せ……頼む」

笹沢の声は、情けなくも掠れていた。

「このまま、ここから失《う》せるなら離してやるが、俺もあんたと同じで、他人の腕なら平気で何本でもへし折れる人間なんでね」

「わ、わかったよ——すまなかった」

相楽はそれでもなお、笹沢を睨んでいたが、やがてぱっと腕を離した。

「いてててて……」

笹沢はおおげさに痛がってみせた。いや、それはフェイクだった。その手は依然として瓶を掴んでいる。相楽が気づいて、手を伸ばしたが、笹沢は半歩跳んで、蓋を開ける。

「！　やめろっ」

標的が変わったのを感じた。瑠加はとっさに、笹沢と相楽の間に飛びこむ。

「瑠加っ！」

相楽の、余裕のない叫び声を聞いたのと、瓶が宙を飛ぶのを見たのはほぼ同時だった。

相楽が叩き落とした劇薬の瓶から、飛び散った中身が瑠加を打つ。頬に、かっと燃えるような痛みをおぼえた。

青い瓶は橋の上に落ちる。じゅっと音を上げ、きつい匂いと白煙が立ち上った。

相楽がすぐに瑠加を引き寄せたから、それ以上のとばっちりは受けない。

代わりに、

「あち、あちちっ、痛い！」

パンツの裾あたりに飛沫《しぶき》を食らったか、笹沢が喚《わめ》きながらそこらを跳ね回った。

怖いのだかおかしいのだか、よくわからない。ただ、我に返った瑠加は、相楽の腕の中にいる自分を発見してはっとする。

あの日と同じように、身体の前に回された腕。

心臓が音を立てるより先に、相楽が瑠加の身体の向きを変えさせた。

「瑠加、顔にかかったのか⁉」

「いや、ちょっとだけ」

「冗談じゃない、早く病院に」

「おおげさだな」

瑠加は笑ったが、痛みに途中で顔を歪めた。笹沢のように跳び回るほとではないにせよ、硫酸ならそれは痛いだろうな、と他人《ひと》ごとみたいに考える。

「どうかしましたか？」

庭園に、足音がばらばらと聞こえた。警備員なのだろう。こちらに向かって駆けてくる、複数の影。

「怪我《けが》人がいます！」

相楽はそのほうに声を張り、そのまま瑠加をぎゅっと抱きしめた。

「――ごめんな。俺がついていながら」

およそ今まで耳にしたことのない、弱々しい囁《ささや》きだった。だが、今までいちばん、瑠加の心を震わせる声でもあった。

瑠加も相楽にしがみつく。痛いのは頬のはずなのに、なぜ胸のほうがズキズキするのだろう。頭の芯《しん》が、痺れたようにぼうっとする。

遠くのほうから、サイレンの音が聞こえてきた。


警備員の通報で駆けつけた警察は、あっというまに笹沢を連行していった。瑠加たちも事情を聞きたいと言われたが、怪我の手当てが先だということで、瑠加だけが病院に搬送される。

パトカーに乗る前に、相楽が手短に説明したところによると――喫煙所で待機していた相楽は、尋常でない様子の男がふらふらとホテルに入っていくのを見た。ベルボーイが飛んできて、男を制止しようとすると、「青樹書店の笹沢だ」と名乗った。

瑠加といざこざがあった編集者だ。嫌な予感に見舞われて、パーティ会場に入ったが、一周しても瑠加も笹沢も見当たらず、庭園のほうまで探しに出たというのが今夜の顛末《てんまつ》だった。

手当てが済んだ頃に、病院に家族が到着した。やや遅れて、相楽が現れる。

「なんだ、相楽。おまえが一緒にいて、どうしてこういうことになる」

相楽を見たとたん、父親が不機嫌そうに言った。瑠加に声をかけるよりも早く、相楽を恫《どう》喝《かつ》する父を、瑠加は嫌悪の思いで見上げる。

相楽は相楽で、瑠加の顔を凍りついたように見つめている。右頬に貼られた真新しい絆創《ばんそう》膏《こう》にショックを受けたのか。

「おい相楽」

父の声が一段高くなった。あからさまに無視されたことで、自尊心が傷つけられた模様だ。そんなプライドなんか、なんの役にも立たないのに。瑠加は思う。だが、自分はこの父親の性格を多分に受け継いでいるのだ。傲慢で自己中心。自分の意向が、最優先されるものと信じて疑わない。

「もうしわけありませんでした」

相楽はようやく瑠加から目を離し、父に向かって一揖《いちゆう》した。

「なんのために、おまえをつけてやったと思っている？　瑠加に怪我をさせて、おまえはかすり傷一つないじゃないか」

「あなた、そういう言い方は」

瑠加が驚いたことには、母親がそんな父をたしなめるように割って入ったのだ。母は、ベンチに飛んでくると、真っ先に絆創膏の上から瑠加の頬を撫でた。見栄っ張りで遊び好きな、幼稚な女ではあるが、母性を失ってはいなかったようだ。

「なんだ、おまえも私に逆らうのか？」

「だって、相楽のせいではないでしょう。その、なんとかっていう頭のおかしい編集者のせいなんでしょう」

両親は、病院に来る前に事件のあらましを聞いてきたらしい。

「むろん、あの男にはそれなりの償いをさせる。瑠加が怪我をした、しないというのとは別にな」

父親は、気難しげに腕を組む。その表情は、まるで獲物を爪《つめ》の間に捕えたライオンだった。これから、どうやって味わってやろうかと、残酷な楽しみに浸っている。そしてとうとう、瑠加の具合をたしかめることもしないまま、背を向けた。

「しょうがないわねえ、お父様ったら。瑠加、これから警察のほうに来るよう言われているんだけど」

「あ、うん」

いつになく気遣いを見せる母親に、瑠加は面食らってぶっきらぼうな返事しかできない。

「嫌よね、警察なんて。あちらのほうから来ていただくようにする？」

「そんなの、無理だろ」

「あら、頼めばなんとかなるんじゃないかしら？　ともかくあなた、怪我人なんだから」

「……歩けないほど酷《ひど》いってわけじゃない。相楽が付き添ってくれるだろう」

瑠加は相楽を見た。相楽は、動揺をおさめたらしい。表情に落ち着きを取り戻して、うなずいた。

と、出ていったはずの父親が戻ってきた。

「いや。警察には杞塚が付き添う」

「えっ」

「なんだ、その不満そうな顔は。相楽には帰りの車を運転してもらう。あたりまえのことだ」

もっとも、と続けた。

「その後のことは、これから決めるがな」

「どういう意味だよ、それ」

瑠加は思わず立ち上がっていた。冗談じゃないと思っている。なんで杞塚なんだ。杞塚に付き添わせるぐらいなら、一人で行ったほうがずっといい。

それ以上に、父の言葉になにか不吉なものを感じていた。怖れが、瑠加の胸にひたひたと満ちてくる。

「おまえが気にすることでもない……杞塚が来たな。帰るぞ、相楽」

身勝手に自分の采配《さいはい》を押しつけて、誰にも文句は言わせない横暴を横暴とも思わず、人間を駒《こま》かなにかと勘違いしている父親だ。それぞれにそれぞれの思いがあることなど、想像してみようとしたことすらないのだろう。

幼い瑠加がそうであったように。

「おい、待て――」

瑠加は追いすがったが、ドアの向こうから杞塚が現れる。相楽を従えた理事長を待ち受け、一歩退いて低頭する。その脇を、父と相楽が過ぎていく。相楽が振り返った。一瞬だけ目が合った。気のせいだろうか。とても寂しげな目をしていると思った。瑠加は胸を衝かれ、そのまま動きを止める。

すぐに背中になってしまった。瑠加はそれでも、去ってゆく相楽を見送っている。素直に従う奴があるか。そんな目をするのなら、親父になんか逆らえばいいじゃないか。悪態が滝のように瑠加の胸をどうどうと湧いては落ちる。

「瑠加さん」

自分の名を呼ぶ声に視線をめぐらせると、杞塚がすぐ傍にいた。

ぎょっとして、一歩退いた瑠加に、

「ひどいな」

半笑いの声が言う。

瑠加はキッと相手を睨んだ。

「いや、これがですよ」

杞塚は自分の右頬を押さえてみせる。

「……、酷いよな。顔しか取り柄がないのに」

「ご自分でそうおっしゃられてしまうと、私にはなんとも」

「フォローしてくれなんて言ってない。あと、一人で行けますから」

瑠加はぷいと顔を背けた。さっさと歩き出す。

「そういうわけにはいきませんよ」

杞塚は、すかさず後ろにつき従ってきながら言った。

「親父に訊かれたら、あんたはちゃんと俺に同伴したって言っとくから」

「虚偽の申告などしなくても、事実として同伴させればいい」

ふいに相手は言葉つきを変えた。瑠加は振り返り、こちらに投げかけられたまなざしを正面から受け止めた。さすがに怯《ひる》むほど、その目は冷然と光っていた。

「――偉そうに」

「偉いんだよ、社長の名代だからね」

意図的にだろうが、口調をあらためている。瑠加のさらなる反撥を誘おうというのか。なら、言い返してなどやらない。瑠加はだんまりを決めこみ、それは事情聴取を受けて警察署を出、杞塚の車で自宅に送り届けられるまで続いた。

「——はあ？」

だが、無事帰り着いた自宅で、瑠加は信じ難いことを耳にする。

父親の書斎だ。床から天井まである書架で二面が埋まった、威圧的な部屋。父が呼んでいると言われ、疲れた足を引きずって出向いたのにもかかわらず——。

「どういうことだよ、相楽を辞めさせるって」

いきなり聞かされ、混乱する。遅れて怒りがついてきた。瑠加は、肘《ひじ》かけ椅子にゆったり腰かけた父をねめつけた。

「息子に怪我をさせられては、お咎めなしというわけにはいかんだろう」

父には、瑠加のひと睨みなど蚊がとまったほどにも感じないようだ。両手を組み合わせながら、当然といった調子で言う。

「べつに、相楽のせいで怪我をしたわけじゃない——これは、仕事していた編集者とごたごたがあって——」

「そうらしいな。相楽から聞いた」

「じゃ、それでいいだろう。相楽は関係ない」

「いや、あるね」

冷厳として、父親は瑠加の抗議を却下する。

「そんな重大なことを、今まで私に黙っていた。それは十二分にペナルティを課せられて然《しか》るべき落ち度だろう」

「重大なこと？　俺の仕事のことなんか、馬鹿にしてるくせに。なにが重大なんだよ」

「侮ることと、知っておかねばならないことは違うね」

頑丈で分厚い氷壁と相対しているようだった。言語が違うのかと思うほど、話が通じない。心が通い合っていないのだから、あたりまえか。

そして、父は、一度言ったことは撤回しない。

「……怪我させられたっていうなら、相楽のほうが先に怪我をしている。俺のせいで」

それでも瑠加は言い募る。十六年前、目の前に広がった赤は、今も瑠加の脳裏にこびりついている。いつでもつい数秒前のできごとみたいに思い出せる。思い出して、そのたびおぼえる罪悪感が、お前にわかるか。

「そのことに関しては、もう償いは済んだだろう」

氷壁を溶かすどころか、爪を立てることすらできなかった。鼻先であしらわれ、瑠加は唇を噛んだ。

「――もちろん、私付きの運転手を辞めてもらうというだけだ」

瑠加は上目に父を窺《うかが》った。尊大な表情は少しも変わらないまま、

「あれも馬鹿ではないからな。病院のほうの仕事に回すことにした。要するに配置替えだ」

まるで、野良犬に餌《えさ》をくれてやるのだから、ありがたがれと言わんばかりに言い渡した。

「……病院の仕事って」

まったく縁が切れるわけではないのかと安堵しかかったのも束の間、

「いくらでもなにかあるだろう。清掃とかな」

あまりにも適当すぎる言い方に、瑠加の中にくすぶっていた炎が、またかっと燃え上がった。

「相楽にそんなことをやれっていうのかよ！」

「じゅうぶんだろう。学歴も特技もない孤児にしては、立派なもんだ。というか瑠加、職業に貴賤《きせん》はないと教わらなかったのか？　清掃係『なんか』と聞こえたぞ」

薄笑い。

瑠加はそのとき、笹沢の気持ちがわかった気がした。少なくとも、目の前の相手に対する、劇薬をぶっかけてやりたくなるような怒り、という点だけは。

そして、その怒りを向けられている側は、なぜ自分が責められなければならないのか、まるで理解してはいないのだ。

「――わかった。もういい」

瑠加は立ち上がった。右頬に、火傷《やけど》のせいではないひりひりした痛みをおぼえている。このまま平行線の会話を続けたところで、父親に殴りかかるのが関の山だった。

それよりも、相楽だ。

書斎を出た瑠加は、まっすぐ玄関に向かった。

だが、離れには明かりもなく、応答もない。

あきらかに無人だと示す、冷たい扉。こんな肩すかしを食らったのは初めてではないとはいえ、瑠加は悄然《しょうぜん》とした。

気を取り直して、面を上げる。離れでなければ、アパートだ。へこんでいる場合ではない。


「――瑠加」

開いたドアの向こうに、びっくりしたような顔を認め、瑠加はほっとした。

そのぶん、

「なんでこっちなんだよ！　休みでもないのに」

責めるモードになってしまう。相楽は苦笑した。

「あっちは、引き払うことになるからな」

「…………」

瑠加は目を見開く。すると、相楽にはもう「配置替え」の件が伝わっているのか。

「理事長の部屋で、今後のことをいろいろ話し合った」

だが、特別憤るでもなく、相楽は淡々と言う。

「話し合ったんじゃなく、親父が一方的に通告しただけだろ！」

それには応じず、

「コーヒーでいいか。インスタントだが」

キッチンのほうへ向かおうとするので、瑠加はそのシャツの裾を摑んだ。相楽は、ややバランスを崩し、驚いたように振り返る。

「悔しくないのか？　おまえ、悔しくないのかよ！」

「……悔しくはない。こんな身よりもない俺には、過ぎた待遇だ」

「そうじゃなくて！」

瑠加は、ほとんど地団駄を踏みたくなるほどのもどかしさをおぼえて叫ぶ。

「ただの――わがままなクソガキの気まぐれで、こんなところに引っ張ってこられて……勝手に運命変えられて、腹が立たないのか？　おまえの人生、俺なんかのせいで、十六年分の無駄遣いだ。怒っていいだろう」

最悪だよと、視線を落として吐き捨てる。

相楽は応えない。瑠加はそろりと面を上げた。

いつもと変わらぬ、穏やかなまなざしがこちらを見下ろしている。

いつもと……いや、いつもより優しく、かすかに熱を帯びているようにも感じる。相楽の眸。

「無駄に過ごしたとは、思っていない」

そして、静かに言葉を送り出した。

「……じゃあ、なんだって」

「俺にとっては、いい十六年だった。……瑠加の傍にいられただけで」

「！」

瑠加は目を瞠る。相楽の顔……嘘のない顔で、嘘のない——いや、それはおかしい。そんなはずはない。自分はいつだって身勝手な暴君だった。相楽に人格を認めず、気の向くままに振り回して——そんな自分の傍にいられて……本当によかったと言えるのか？

混乱していく瑠加の頬を、すっと伸びた手が撫でた。

「こんな、俺のせいで、怪我させてしまった。もし痕《あと》でも残ったら」

「……唯一の取り柄もなくなる？」

相楽まで、そんなことを言うのか。

「唯一じゃないが、最初に好きになったのは、この顔だから」

はっきりと口にした。瑠加は一瞬、息が止まりそうになる。

「好き、て……」

「あっちで暮してるとき。時々、町や別荘の近くで見た——なんて綺麗な子なんだろう……透き通るみたいに綺麗で……どきどきして——瑠加は俺のことになんか気づいていなかっただろうけどな。俺は、偶然姿を見かけるだけで嬉しかった。幸せになれた」

「そ――」

「おまえを助けることになったあのときだって、森に入っていくのを見て、後をつけていたんだ」

「え……」

さっきから、瑠加には驚きの連続だ。馬鹿みたいに、「え」とか「そんな」としか返せない。心臓が破れそうだった。激しくなる動悸《どうき》。

「そうしたらあの犬が……夢中だった。助けなくちゃって、飛び出して。おまえを守り通せて、嬉しかった」

「だ、だけど……そのせいで、おまえはあんな」

瑠加は、相楽の左腕に視線を向ける。夏でも長袖《ながそで》で隠さなければならないような傷痕をつけたのは、自分の浅はかさのせいだ。

なのに相楽は、「嬉しかった」と言うのか。

「幸せだった。その上、いっしょに東京に行けることになって。同じ学校に通わせてもらって――高校を出てからも、まだ傍にいられた。こんな幸せなことはなかった」

鼻の奥がつんと痛くなる。相楽によって、相楽のこと以外ではおぼえたことのない感覚。

「――馬鹿だ、おまえ」

「ああ」

「なんで、全部過去形なんだよ！」

「…………」

「嬉しかった、幸せだった、傍にいられた？　……もう過ぎたことなのか？　これからは、傍にいてくれないのか？」

「瑠加」

「どうなんだよ！」

「……いちゃいけないだろう」

よほどの沈黙を措いた後、相楽はぽつりとそう言った。

「俺のせいで、こんなことになったのは事実だし、おまえを守れない俺が、いくら傍にいたって」

「守れないって。一回や二回しくじったからって、それがなんなんだよ」

「――それに、仕事は、変わろうと思っている。『常斎会』には、もう」

「は？　病院辞めたら、俺とも関係なくなるって言いたいのか⁉　親父に愛想つかしたから、息子とも金輪際関わりたくな――」

「瑠加」

今度は、少し強い調子で呼ばれた。

「そんなわけが、ないだろう」

「………」

「おまえだけ見て、傍にいられるだけで幸せだった——そのつもりだったが、傍にいるだけでは我慢しきれなくなるのもわかっていたから……」

瑠加の脳裏に、離れの出口でふいに抱きすくめられた場面が蘇った。

気のせいではなく、あれはそういう意味の抱擁だったのだ——そう思うと、こんなときだというのにじわじわと胸に込みあげてくるものがある。破裂しそうだった心臓が、今度は喜びでくすぐったい。

「なんでもないだろう、そんなの」

瑠加は、まっすぐに相楽を見上げて言った。

「というか、それ言うんなら、俺だっていっしょだ」

「……え？」

「俺だって、おまえを振り回すだけじゃ物足りなくなった」

「…………」

「おまえのちょっとした仕草とか言葉を思い出して……変な気分になって、いや、欲情したりカイたりもしたからな。俺のほうが、よっぽど酷い。それともおまえ」

目を見開いた相楽に、にやりとしてみせる。

「おまえも、俺をおかずに抜いたりしてたか？」

男らしい顔が、たちまち朱を掃き、瑠加の心は躍り上がる。衝動のままに相楽に飛びついて、自分から唇を重ねていった。

「！」

相楽の身体が、びくりと跳ねる。驚きにすくんだような反応の後——抱き返してきた腕は、力強かった。

「ん……」

相楽のほうからも、口づけてくる。重ねただけのキスから、すぐに互いの口腔内を探り貪《むさぼ》り合うそれへと移行した。舌を絡ませ、相手の魂まで引き寄せようとするかのようにきつく吸い上げる。喉奥が、飢えたみたいな音を立てた。嚥下《えんか》しきれなかった唾液《だえき》が、口から溢《あふ》れ顎のほうに伝っていく。

いったん唇を離し、目と目を合わせた。相楽の双眸にはもう、隠しきれない熱と欲望が溢れ出しているようだ。

おそらく、自分もこんな顔で相楽を見つめているのだろう。

「相楽と、ずっとこんなふうにしたかった……」

熱にうかされるまま言うと、相楽がふたたび瑠加を抱き寄せる。

「あ……」

「……俺もだ」

柔らかく耳朶《みみたぶ》を食《は》まれ、ごくりとまた喉が鳴る。

次にくるものを待って――怖れを上回る期待があった。自分のほうが、貪欲かもしれない……。

相楽がそうするであろうことは想像できても、自分が譲るような局面は、予想していなかった。

ただ、激情に導かれるまま、その行為に流されるなどとは。

唇を合わせながら、その続きみたいに押し倒されるところまでは、瑠加の想像の及ぶ範囲だ。

そこから続く行為だって、わかっているつもりでいた。

しかし、実際に直面してみると、べつだん事前予約も、ベッドをリザーブしていたわけでもない。

ただ、感情の波に流されるまま、準備も整っていない畳の部屋に、押し倒される。

それをどうこう言うような余裕は、瑠加にはない。

相楽がそうしたいなら、従うまで……ついぞ浮かべたことのない、受け身の感情に支配されるままになる。

「……あ」

それでも、下肢を蔽う下着に相楽の指がかかったときは、違和感を訴えずにはいられない。

そんなところを、他人に暴かれたことなどないのだ……。

まして、その手は今まで、瑠加を探り晒したことなどない。

そう思うと、瑠加は思わず両手で顔を蔽う。暴かれることが、これほど恥ずかしいと感じたことはない。

「……瑠加」

それに気づいたのだろうか。下肢を包み隠した衣類に手をかけるとき、同意を求めるような囁きが、耳朶を通して耳孔の奥に吹きこまれる。

「ん……、い、いいから……」

瑠加に拒むことなどできない。それなのに、いちいち確かめようというのか。相楽のほうが、ずっとしたたかだと思う。

いや、今まで誰にもこんなことをされた経験はない……未熟な自分のせいなのか。

しかし、瑠加の雄の部分は、慎重な愛撫《あいぶ》に反応し、内側の熱をこれ以上なく掻《か》き立てられている。

初めて味わう、甘美な感覚……。

相楽は、瑠加をどうしようというのか。いたずらな手が、ウエストのゴムを潜って下着の中に忍んでいる。

もういっぽうは、シャツをたくし上げ、胸を這っていた。

真ん中にある、突き出した部分を、相楽の指が摘《つ》まむ。

「あ……」

問答無用の感覚だった。男の乳首が性感帯になるなど……性体験に乏しい身体は、そんな拒否反応を示す。

それでいて、正直な肉はダイレクトな悦《よろこ》びを、肌を辿る手に伝えるのだ。

悦《い》い、と反応することは、つまり相手の前に屈するという意味だ。

そんなこと……相手が誰だろうとごめんだと思っていた。なのになぜ、相楽が一つずつ暴いていく官能の扉に、いちいち肌が喧《ざわ》めくのだろう。

触れられるごとに、反応する身体。

初めて知るときには、もっと拒否反応を示すものだと思っていた。

だのに、嫌じゃない……肌を這う指も、胸の真ん中を捕える狡猾《こうかつ》さも、けっして嫌悪をおぼえるものではないのだ。

「あ——あ、っ」

目を閉じて、瑠加は小さく叫んだ。

胸の突起を摘まれて、足の間にある男の部分が反応している。

隠しようもないくらい、鮮やかに。

瑠加は、両手で顔を蔽った。恥ずかしい顔を、見られたくはない——。

だが、相楽の手がその手のひらを押さえる。たちまちのうちに支配下に置き、相楽の望む通りに瑠加の表情を晒す。

「――や、嫌、だ……」

かぼそい訴えが漏れた。

「どうして？　全部、見たいのに」

「ん……」

恥ずかしいところまで、望まれている。乱れる顔を、見たいのだと――。

「あ、あ――っ、相楽……」

「ちゃんと見せて、瑠加を」

相楽の大きな手が、瑠加の中心を捕える。胡麻化しようのない官能を、巻き散らす媚態《びたい》を、ありのままに晒していく。

相楽に今、見られている。

その顔は、相楽の顔を思い浮かべながら淫靡な楽しみに耽るときの……誰にも見られたくない表情だ。

相楽に求められれば、隠せない。如実な反応を示したそこは、ぴんと頭をもたげ、痛いほど張りつめている。

「あ、ああ――っ」

もう、もたない。相楽の前で、自分だけイクなんて……だが、身体の生理的な反応は、止めようもないのだ。

勃ち上がった、瑠加の中心を、煽るように扱《しご》きたてる指の動き。

とても、あのストイックで紳士的な相楽がすることではない――。

「や、も……っ」

掠れた叫びが、喉を衝いた。

「……、んな、の……っ、はんそく……っ」

自分がなにを口走っているのかさえ、把握できなかった。

茎を擦《こす》る指の環……いつのまにか真芯を捕えられていた、もっとも敏感な部分を、容赦なく相楽が攻める。

我慢なんて、できるはずがなかった。

「う、うう――っ」

それでも羞恥《しゅうち》が湧き、食いしばった歯の間から呻《うめ》きが漏れる。

「瑠加……」

切なげな声とはうらはらに、その両手の指は瑠加の官能を的確に探り当てている……。

「あ、ああっ」

性感のうねりが来た。下腹部を渦巻く、たまらない感覚。堪えるのは無理だった。瑠加は身を捩《よじ》り、感覚を解き放つ。下腹がうねり、放埒《ほうらつ》に射精の悦びを貪る。まるで自分のものではないみたいに、のたうつ筋肉。

「あ、ああ――っ」

放出してなお、さらなる刺激を求めるかのように、腹部が波立つ。貪婪《どんらん》な己の肉に、瑠加は目を瞠る。

「……瑠加」

そして、いつのまにか剝《は》ぎ取られた、剝《む》き出しの腿《もも》を打つ、相楽の劣情……。

「は……ん……っ」

射精したばかりなのに、その刺激でまた、敏感な器官が反応している。浅ましすぎる……そう思うのに、心の半分は求めているのだ。相楽のそれを。

「……して、いいのか？」

下腹を打ちつけているくせに、同意を求める。相楽はほんとうは、こんな男だったのか。瑠加を挑発する、堅い肉の猛《たけ》り。

だが、拒否するなど、考えられもしなかった。力強い手が、腰を抱え上げる。誰にも暴かれたことのない軟肉が、相楽の支配下に置かれる――。

常識はずれの行為だ。なのに、瑠加のそこは悦びにうち震えてひくつく。

まるで、これから行われる行為を自ら誘うかのように。

「いいのか……？」

「あ、いい――して……やって、全部……っ」

自分が、具体的にはなにを求めたのだか、瑠加にはわかっているわけではなかった。

「く……あ――っ」

堅い肉が、瑠加を押し開く。望んだ通りに、支配されていく。

すべてを――。

「く……あ、ああ……い……っ」

瑠加は、相楽にすがりつき、思うがままに声を放った。

どう思われてもいい。自分はずっと、これを求めていたのだ。

そう感じる。

長きにわたった支配関係が、逆転しようとしている。いや、支配しているというのは、きっと自分の錯覚だったのだ。たった今、瑠加を食らおうとしているものは、ずっと前から獣だった。

ただ、その爪を牙《きば》を、隠していたというだけで。

獣を縛っていた鎖が、解き放たれる。瑠加は相手にしがみつく。

全部、食らい尽くしてほしいと思った。自分の弱さも情けなさも、残らず呑みこむほどに、強く。

ずっと、そんなふうにされることを望んでいたのだ。

7

相楽は、「常斎会」に退職願を提出した。その日のうちに受理され、これで斎京家と相楽とは正式に縁が切れた。

郷里に……といっても養父母しかいない土地だが、戻ってなにか仕事を始めるという。

「なにかって、なんだよ」

そう瑠加がつっこむと、

「……まあ、農業でも？」

と、曖昧だ。

「農業か……夏に向けて、俺も麦わら帽子とか買っておかないとな」

「なんでだよ」

相楽は苦笑したが、瑠加のごり押しに負けて、共に行くことに同意している。

二人は、アパートで荷造りをしていた。

離れを引き払ったとき、家財道具のあらかたは処分した。向こうでの住まいも、まだ決まっていない。処分しきれなかった本や衣類を運びこんだら、文字通り１ＤＫは足の踏み場もなくなってしまった。しかたがないので、出すのはいつになるかわからない荷物を、段ボールに詰めている。

瑠加のほうも、こちらはこっそり最小限の荷を作って家を出た。表向きは、旅行ということになっている。パソコンは持ってきたし、連絡は携帯電話で取り合える。どこに住んでいようが影響のない仕事をしていてよかったと、あらためて思う。

笹沢は、不起訴処分となったものの、刑事事件を起こしたことで青樹書店にはいられなくなり、退職した後の消息は不明らしい。あの男の脅威のおかげで、相楽は瑠加を連れていくふんぎりがついたみたいなものである。そのことも、ある意味では感謝しなければならないのかもしれない。二度とは顔も見たくない相手だが。

「――あ」

チェストを整理していた瑠加は、発見したものを手にして目を瞠る。

それは古びた一葉の写真……若い男女と、小さな男の子の家族写真だった。

どこの家族だかは、訊かずともあきらかだ。男の子には、相楽の面差しがそのまま残っている――いや、今の相楽にその子の面差しが残っているというべきか。

そして、その肩に手を乗せた若い母親とも。

「！　お、なに見てるんだよ」

横から覗きこんだ相楽が、急に狼狽した。瑠加の手から写真を取り戻そうとするから、瑠加は立って逃げる。

「へー。相楽って、お母さん似なんだ。こうして見ると、意外と女顔だな」

「や、やめろよ、そういうの」

真っ赤になっている。母親に似て、繊細な造りの顔が。

これほど狼狽する相楽を見たのはおよそ初めてで、瑠加は思わずしげしげとその顔を眺めた。

「……まあいいが」

自分でもそれに気づいたのか、相楽は苦く笑いはしたものの、瑠加の手から写真を奪い返そうとする幼稚な抵抗を止める。

代わりにパーカのポケットからタバコを取り出した。

最初の煙が渦を巻きながら天井に到達したのを見届けてから、「なあ」と瑠加は話しかけた。

「相楽は、この頃のこと覚えているのか？」

目を細めて、相楽は写真を一瞥する。そこに写っているもののことなんて、とうに頭に入っているのだろう。

「——少しはな」

「何歳？　幼稚園ぐらいか」

「いや、もうちょっと前……俺が幼稚園に上がる前、両方とも亡くなったから」

これは、その直前に撮ったものだとぶっきらぼうに教えた。

嫌なことを言わせてしまったかと、瑠加ははっとしたが、相楽は素早くそれに気づいたように、

「いや。もう四半世紀も前のことだから」

唇の端だけを上げた笑みを作る。

「これ、家の車？　なんだっけ、丸くてかわいい」

「フォルクスワーゲン」

「あ、それそれ」

黄色い車の前で、幸せそうに微笑む、まだ新しい家族。

「お父さんて、なにやってた人？」

「ただの公務員だよ。町役場に勤める」

「堅い勤めだ」

「堅いというか、まあ普通」

いつか、父親の飲酒運転が引き起こした事故により両親をいっぺんに失ったと言いかけたことがあった。「堅い勤め」にそぐわない気もしたが、あれは杞塚をさりげなくフォローするための相楽の不器用な嘘だったのだろうか。いずれにしても、この人たちが亡くなっていなければ、相楽も普通に学校に通って普通に大学を卒業し、普通に仕事をしていたのだろうか。それこそ、父親と同じ役場勤めの、堅実な仕事。

いや、たとえ養父母のもとで育っていたって、成績優秀な相楽なら、希望した通りの進路が待っていたかもしれないのだ。

馬鹿な子どものおかげで、その道は断たれた……。

それを思えば、やはり瑠加の胸は塞《ふさ》ぐ。自分のせいで——その罪悪感は、きっと一生消えないだろう。相楽の傍にいると決めた今も、これからも。

償いながら生きていく。

気がつくと、瑠加は写真に見入ったまま考えこみ、そんな瑠加を相楽の穏やかな双眸が捉えていた。

「俺は、いつでも自分がしたいことをして、どこへ行くか、どの角を曲がるかも自分で選んできた」

瑠加の胸中を読み取ったかのような言葉だった。瑠加はぎこちなく、目を逸らす。

「だけど——」

袖で隠した傷痕を周囲に知られてしまったとき、相楽は新しい世界でも場所を失ったのだ。怪我の原因を詮索され、「かわいそうな子」というレッテルを貼られて。

「俺があんなことを思いつかなければ……」

あれが欲しい。あれ買って。

ろくでもない親父に、ろくでもない息子。似合いの親子だ。なにもそこに、まっとうな相楽を巻きこむことはなかった。

「馬鹿だな」

沈みこむ瑠加の頭頂部を、大きな手のひらでぐしゃりと包み、相楽は笑った。

「瑠加がねだってくれなかったら、俺はまだあの田舎町にいて、年に一度だけ会えるかもしれない子どもを待つだけだった」

「相楽……」

「今年もくるかな、会えるかな……そのうちあの子も大きくなって、家族で避暑なんかにはこなくなるかもしれない……そんなことを、一人で思い悩んで悶々《もんもん》としていた」

「相楽なら、思ったことは行動に移せるし、実現もできるだろう」

「ああ。だけど、そうなるまでにはもっと年数もかかったし、おまえとこんなふうに」

手のひらに力がこもる。

「……触れ合うこともできなかったかもしれない」

頬が熱くなった。瑠加は視線を落とし、手の中の写真を見る。

「この写真を撮ってすぐかな。親が亡くなったのは」

「……そうなんだ」

「顔見知りの別荘の管理人に頼まれて、避暑にくる家族を迎えに、駅まで。母親は買い物があるからって、ついでに。俺は昼寝をしていて、どうやっても起きなかったらしい。隣のおばさんに、留守番を頼んで、二人で出かけた」

「……そう」

「仲のいい夫婦だったんだな。まだ若かったみたいだし……だから、死ぬときも二人一緒だった」

お互い親兄弟もない一人ぼっち同士で、つきあいはじめたのは高校生のときだったという。

「それだけずっと一緒にいても、まだ足りなかったんだな……」

自分の親の馴れそめなど、もとより瑠加は知らない。訊いたことも、興味を抱いたことすらない。

気がついたとき、父親は父親で、母親は母親。それだけだった。互いに愛情を持って接している夫婦なのかどうかも、よくわからなかった。

自分と相楽では、どちらのほうが不幸なのだろう。

いや、そんな比較をすることが、そもそもおかしいのだ。瑠加には瑠加の、相楽には相楽なりの哀《かな》しみや鬱屈がある。そっちはどれだけ、こっちはこれだけなどと、量で測れるものでもない。

ただ、今から、おそらくどちらかがどちらかを失うまで一緒にいる。その決意に揺るぎがなければ、それでいい。心から、そう思った。

「もういいだろう。それ、こっちに入れろよ」

思い出を断ち切るように、相楽が声音を変えた。

「いいじゃない、これは相楽が身につけるもの……財布とかに入れておけば」

「そういうのは、いい」

相楽はむすっとして言う。瑠加は笑った。

「じゃ、俺が身につけとく」

「瑠加が、なんで」

「相楽をこの世に送り出してくれた、俺にとっては実の親以上に重要で、大切な人たちだから」

「……、そういうことを、真顔で……」

相楽はたじたじとなりつつ言い、瑠加が、

「爆笑しながら言えっていうの？　それとも、怒りながらか」

と屁理屈を返したとき、呼び鈴の音が部屋に現実をもたらした。

瑠加は相楽を見た。視線が合う。相楽はひとつうなずき、立っていく。

引っ越しは別としても、相楽がここを借りていることを知るのは、ごく限られた人間だけだ。案じるようなことでもないのかもしれないが、瑠加はやや緊張しながら、ドアが開く音に耳を澄ます。

しかし、聞こえてきたのは――。

「にゃっす！　兄貴いるー？」

という、なじみ深い声だった。

「おー、いたいた」

理以は、両手に紙袋や白いレジ袋を提げている。

「……なんで、おまえがここに来るんだよ？」

思いっきり動揺したものの、瑠加は目をせばめて弟を窺う。誰に聞いた……？

「蛇の道は蛇ってね、その気になればなんでもしてくれる人たちがいるんだよ」

「どこに」

「うーん……とある繁華街の、奥の奥の闇の向こうに」

すっとぼけた顔で言い、理以は瑠加の渋面にもかまわず腰を下ろす。

「おお、進んでるね、駆け落ちの準備」

心臓に、冷たい水滴が落ちた。

「か、駆け落ちって……」

その、繁華街の奥の闇に住まう人間が、そんなことまで探り出したのか？

瑠加は完全に、不審者を見る目になっていたのだろう。理以が首を竦《すく》める。

「そんな顔しないでよ、たった一人の弟じゃございませんか、お兄サマ」

「なんのつもりだ、理以」

「だから、差し入れ。忙しくて、買い物にも行けないでしょ？」

言葉の通り、理以が次々と開ける袋からは、デパートの地下で売っているような弁当や、惣菜《そうざい》のパック、それに半ダースのビールまで出てくる。

まるで手品のタネを明かされているような心持ちで、瑠加はそれを眺めた。差し入れというのが口実でも、これだけの品を弟が調達したことに変わりはない。

警戒心がやや解けて、それでも理以を歓迎する気にはなれない。瑠加は相楽を見上げた。あっけにとられたように理以の持ってきたものを眺めていたようだったが、我に返ったのか、

「すみません、理以さんにまでお気を遣わせて」

と、父親の雇い人だったときと寸分違《たが》わぬ折り目正しさで謝意を表する。

「やだなー、なんで俺には敬語なの。ってか、もう親父の運転手でもないんだから、ちゃんと目上の対応してよ」

そう言うおまえは、まったく目下として相楽に相対していないだろうが、とつっこみかけて、瑠加は言葉を呑みこんだ。

「ということで、一休みしたら？　俺もビール飲みたいし。外、暑いんだよ、今日」

「おまえは、家に帰って一人で飲めばいい」

「えっ⁉　そりゃないでしょ、冷たい兄貴だなあ。しばしのお別れ、になるんじゃないの？」

理以はまったく、こたえたふうもなく言う。それどころか、行き先まで知っているのだろうか。だがこの聡《さと》い弟に、まともに対抗するのも無理だとわかっている。旅行中のはずの長

男が、都内のアパートに元雇い人と潜伏していると、家に帰って親に告げ口などするような弟ではないことも。瑠加はしぶしぶ、ビールの缶を受け取った。

「はい、では、かんぱーい」

理以一人が、やたらハイテンションである。

「いいなあ、俺もどっか行きたい」

ぐびぐびとビールを呷り、ふうっと嘆息する。

「行けばいいじゃないか」

「そういうわけにもいかないんですよ、明日は一コマ目から必修課目だし」

弟は、軽く肩をすぼめた。

「真面目だな」

「真面目だよー。兄貴が放棄した跡取りの座を、きちんと禅譲していただかねばならない身ですから」

「……おまえには、迷惑をかけたと思ってるよ」

「ノーノー、ストップ」

理以は、すぼめた唇の前でチッチッと人差し指を振ってみせた。

「?」

「迷惑をかけた、じゃなくて、かけている、ですよ。現在進行形」

瑠加には、もうなにも言えなかった。

「理以さんは、いい医者になると思います」

そんな弟に、相楽が言った。世辞などではなく、本心からの言葉だということが理以にもわかったのだろう。ややばつが悪そうにうつむくと、「いいな兄貴は」とつぶやいた。

「え？」

「——なんてね。ではここで、本日のメインです。じゃーん」

自分で効果音をつけながら、理以はボディバッグから茶色い封筒を取り出した。Ｂ６サイズほどの大きさで、厚みがある。

目の前の畳に押してよこされたそれに目を落とし、ふたたび顔を上げると、理以が目顔でうなずいた。瑠加は封筒を手にする。

「これ——」

出てきたものは、二冊の預金通帳だった。こういう場面でよくあるように、印鑑のケースも入っている。通帳の名義は、斎京瑠加……。

「母さんから、兄貴に渡してくれって」

「……え」

思いがけない言葉に、瑠加は目を見開いた。理以が、にやりとする。

「まあ、あの母でも、母は母って話」

合口座通帳

「いや、こんなのは……」

額面を見て、瑠加は二度瞠目《どうもく》する。餞別《せんべつ》としても大き過ぎた。

「困るよ、こんな」

「受け取れませんって？」

「ああ。悪いけど。それに、俺だって仕事はちゃんと持ってるんだし……」

当面の生活の心配など、してもらう必要はない。そう意味で言ったが、理以は、

「言うと思った」

にやにやしている。

「それじゃ、俺がもらっとくわ。ゲレンデ欲しかったんだよね。兄貴、やーさしーい」

「馬鹿。誰がおまえに返すと言った」

瑠加はむっと、弟を睨む。

真っ向から見返してくると、

「だって、兄貴は母の愛情など豚のエサにでもしろと足蹴《あしげ》にしましたー……なんて、ほんとのこと報告したら、いたずらに哀しませるだけだろ？」

瑠加は無言で、通帳を封筒に戻すと、自分の傍に置いた。言ったおぼえもないセリフを「報告」されてはかなわない。

いや……。

次にはすぐに、最前の思いを打ち消した。少なくとも母親からは、ちゃんと愛されているようだと、二十三年の人生で初めて感じた。好きなように生きろ、と許してくれてもいるのかもしれない。

そして誰ならぬ、目の前のちゃっかりした弟も、また。

「飲んだら腹減ってるの思い出した。弁当食おうぜ」

理以はもう、通帳のことなどなかったことのようにばりばりと弁当の包み紙を破っている。

「おい、おまえ、ひとの家に押しかけてきて、自分だけ飯を食いはじめる奴がいるか」

「まだ食ってませんし、ちゃんとお誘いしましたしー」

無駄に豪華な懐石弁当を、そこで瑠加たちも解くことになる。考えてみれば、朝からなにも食べていなかった。

「うーん。しかし、ほんとにザ・アパート！　って感じだよな、この建物」

もしゃもしゃと口を動かしながら、理以が部屋を見渡す。

「俺、笑っちゃったよ、外から見たとき」

「……理以。失礼なことしか言えないんなら、そんな口は縫いつけてしまったほうがいいんじゃないか」

「弁当食ったらね」

びくともしない弟は、きっとあの父親ともうまく折り合っていくのだろう。その精神力の強靭さは、昔から瑠加には羨《うらや》ましかった。いや、妬《ねた》ましかった。

今だって、ちょっといまいましい。まったく、いいところを持って行きやがって。

相楽は静かに、箸を使っている。その横顔は静かに凪《な》いでいて、内面の揺らぎを見せることは少ない。そのことは相変わらずだが、皮膚の下に隠し持った熱を、今の瑠加は知っている。

「あ、ヘリコプター」

理以がふと顔を上げ、開きっ放しの窓から外を見た。

相楽も同じほうに目をやる。

瑠加は窓に視線を送った。五月晴れの真っ青な空を、銀色の機体がパラパラと音を立てながらゆっくりと横切っていった。

狼は迷わない

黒のトレーニングウェアに身を包んだ相楽森哉《さがらしんや》は、小刻みに身体を揺らしながら、通りの斜め向かいにある所轄署の出入り口に油断のない視線を置いている。

　相楽が路上で足踏みを続けている理由は、寒さが身にこたえるからではなく——今は五月、初夏の声を聞こうかという時候だ——眠気を払うためでもない。たしかに、夜明け近い時間帯で、相楽はほぼ夜を徹して向かいの建物を監視していた。しかし、睡魔に襲われるべくもない。尖らせた神経が、相楽を絶えず内側から刺戟《しげき》し、一瞬の油断も許さないでいた。

　アドレナリンが分泌される、とはまさに今の自分の状態を言うのだろう。全身に漲《みなぎ》る闘争本能。相楽は、決して好戦的な性格ではない。むしろ、他人との軋轢《あつれき》はいかなる場合でもノーサンキュー……話し合いですませることができるなら、否、できれば話しあわなければならないような状況はなるべく避けたいと考えている。

　それは、己の本性が、つまりはケダモノであると自覚しているからなのだろう。

　自分は生まれつき群れからはぐれた、孤独な、自制の効かない一匹の獣だ。

　ジャングルならば問題はない。どころか、卓越したサバイバル力が必要とされる。だが大都会においては。そんな獣性など、それこそ歓迎されはしまい。

　だからひたすら隠し通す。分厚い理性の鎧《よろい》に本能を押しこめ、なにも感じない、関心を持たない、怒らない……そう、自分に言い聞かせていた。そう、たったひとつを除いては。

相楽が、いつでも路上を飛び出す準備を整えているのは、そのただひとつを汚されたことへの復讐のためだ。

十六年前、ふとしたことから縁ができ、いつも傍にいて護ることを課せられた相手。キレイでわがままで大胆で。気まぐれで強情な賢い温室育ちの花。相楽にとって唯一絶対である斎京瑠加《さいきょうるか》を、昨夜襲撃し、理不尽な暴力を加えようとした男が、あの灰色の建物の中にいる。


ぎりぎりのところで、間に合わなかった。

瑠加が傷つき、汚されることから救い出すのには。

それでも被害は最小限に留めたつもりだが、微細なものでも被害が出た以上、それは自分の責任だ。相楽はそう考えている。

十一歳のときから、ずっと瑠加を護ってきた。瑠加がそれを望んだわけではない。おそらく、瑠加にとって自分は、未知なる世界から突然飛んできた小石——見たことも、触ったこともないなにか、せいぜいその程度の存在だっただろう。すれ違うたび、さらりとした一瞥《いちべつ》を与えただけで去っていく。そもそも、棲む世界からして違っている。

高嶺の花だなどと、卑俗な言い回しを持ち出すまでもなく、相楽には触れることすらできない相手だった。それが——。

思わぬところで、ふたつの運命がクロスした。運命、というのもまたおおげさな表現なのだろうけれど。

簡単なことだった。この身を差し出すだけで良い。それだけのことで、瑠加は相楽に気がついたし、あろうことか傍にいることを許可したのだ。

あのとき、瑠加を危機的状況に追い込んだのは、一匹の野犬だった。

相楽にしてみれば、いわば同類だ。そんなあいつに、瑠加を護るためとはいえ立ち向かうことは、多少の疚《やま》しさを伴う行為だった。

だが、昨夜。

昨夜、都心のラグジュアリーホテルの庭園で瑠加に襲いかかったあの男は。

なんの同情も共感もできない、ただの屑《くず》だ。あいつは、瑠加の担当編集者であり、相楽にはない知識や共通の話題を持っている、つまりは相楽よりも近い距離から瑠加に接していた。

それだけのことで、相楽の嫉妬心や対抗意識を煽り続ける相手だった。なまじ、年が近いのも悪かったかもしれない。

それが、瑠加にある不正行為を強いて、愛想をつかされた。瑠加は、奴と縁を切った。

喜ばしい話だ——しかし、経緯を瑠加から聞かされた相楽には、なぜだかすっきりしない気分が残った。嫌なことを言ったり押しつけてくる相手とは、さっさと離れればいいし、瑠加はその決断を迷いなく下すことのできる特権を生まれながら手にしている。

とはいえ、相手のほうはどうなのだろう。瑠加がそういう者である、ということをすんなり受け入れ、甘んじて悔いはない、そういう男なのだろうか。

そうは思うものの、表面上のつきあいが途絶したからには、瑠加の影にすぎない相楽が出しゃばるわけにもいかなかった。ただ、油断禁物と己に言い聞かせるのみだ。

なのに、しくじった。

あの男の所属先とは違う会社のパーティだ。とはいえ、同じ業界には違いない。もっと、そこに注目するべきだった。横のつながりというものがあって、会社は違えど編集者同士は知り合いだったりする可能性に思い当たらなければならなかった。つまり、あの男には昨夜、瑠加に接近する機会がいくらでも作れたということに。

相楽が駆けつけたとき、奴の手にはあのまがまがしい薬品の瓶《びん》がまだ握られていたし、瑠加にも何滴かは降りかかった後だった。相楽の視界は、真っ赤に染まった。

あんなに憤りで前が見えなくなるようなできごとは、これまでの人生で初めてだった。思いがけず付き従う光栄を手にして、それでああいう場合に機能しなくてどうするのだ。

だがともかく、最悪の事態だけは免れた。相楽は男の手から瓶を叩き落とし、瑠加を庇った。

出版業界では老舗《しにせ》の大手だ。内輪のパーティとはいえ、セキュリティに問題はなかったのか……などという問題は、相楽には関係ない。重要なのは、あの男が瑠加を狙い、傷つけたことだ。その罪は、万死に値する。

だが、この法治国家において、結局のところは司直の手にいったん委ねねばならないことぐらいは、相楽にもわかっていた。

同じぐらいの理解度で、あの男が不起訴処分になることも予想できた。瑠加の父親は、日本医師会の大物だ。息子に非がないといっても、よけいなスキャンダルに巻きこまれたいはずがなかった。

ただ、奴の会社に手を回して、それなりの措置を取るぐらいはする。懲戒解雇まで行かなくとも、なんらかの処分が下され——おそらくあいつは、失職する。あたりまえだ。

それでも、相楽にはとうてい納得のいく結末とはいえない。早い話が、職をなくしただけでは、瑠加の味わった痛みなど知る機会もあるまい。

だから、相楽がそれを知らせる。瑠加はこれほど辛かったのだと、その怨念をこめた拳を、文字通り奴に叩きこんでやるつもりだ。

それこそが、野生の獣たる自分に与えられた役目というものだった。そのためにこそ、十六年前、斎京家に拾われたんだと思った。

明け方ちかくの大気に溶けこんだ、粗い粒子が、先ほどよりも薄れている。

もうじき、陽が昇る。

その前に、できればあいつを仕留めたい。それで自分の身がどうにかなろうが、もとより承知の上だ。瑠加のためなら、どんなに汚いことだってする。

相楽は、己に備わった野蛮な血を、およそ初めてありがたく感じる。都会で、普通に生まれ育った男なら、これほど馬鹿げたふるまいには及ぶまい。仮に、同じくらい瑠加を崇め支配されている人間がいたとしたって、見境のない暴力など、普通はためらう。

自分は、安全弁を外された手榴弾《しゅりゅうだん》だ。

ピンを抜かれた以上、もうターゲットに向かって飛び出すよりほかはない。

パーカのフードを、相楽は脱いだ。

少し考えてから、思い直してかぶり直す。闇討ちなど、卑怯者の手段。それはわかっている。卑怯なことはしたくない。しかし、容貌の特徴などから簡単にこちらの素性が割れてしまったのでは、めんどうなことになる。相楽の、名目上の雇用者である瑠加の父親のことを、相楽は特に好きでも嫌いでもなかった。瑠加の父は、ただ瑠加の父というだけだ。そういえば、ファーストネームも今、思い出せない。

それはちょっと、恩知らずだなと我ながら、そしてこんなときなのに苦笑がもれる。

どうでもいい相手だろうが、相楽を拾ってくれたのは、相楽を拾い上げ、結果的に瑠加の傍に置いてくれたのはあの人なのだ。

薄闇に、己の吐く息が流れていく。

周囲に音はない。まるで、命あるものなどここにしかいないというかのように。

こんな時間だからだろうか、日頃それほどつきつめて考えることのない想いが次から次へと湧いてくる。瑠加の憂い顔、たくらむようなまなざし、時たま見せる無邪気な笑顔などが、脈絡なくそこへ混ざりこむ。

どうしてこんなに、惹きつけられてしまったのだろうと思う。ただの、たまにすれ違うキレイな子、というだけでは、なぜいられなかったのか。

それは実際に、触れあってしまったからだ。命じられるまま、あの子をこの背に乗せて、斎京家の広いリビングを這い、無邪気な笑い声や上気した頬などを、ほんの間近で見てしまったから――消し去ることなんて、できなかった。瑠加はいつしか、難しい子どもになっていって、簡単にはあの花のような笑みを見せなくなった。どうしてなのか、相楽は深く考えたことがない。相楽は瑠加を笑わせたいわけではなかった。気にしはじめたきっかけが、瑠加から笑顔が消えたと感じたからであっても、もともとそれほど明るかったわけでもないと思い出せばそれはたいしたことではないと思えた。ただ、あの花のように美しく、きれいに解けたときの数式みたいに端整な顔が曇ったり、煩《わずら》わしげに歪むのを見るのだけは嫌だった。

自分は、どこかおかしいのだろうか。

それだけは、相楽にはわからない。足踏みを続けながら、明るくならないうちにすべてを終わらせることができればいいのだがと、それだけをくり返し願っている。

あとがき

二〇一三年、最初の本です。

ここまでおつきあいいただきまして、どうもありがとうございます。今年の冬は近年にない厳冬だそうですが、その分夏は涼しいかもしれないらしいです。いや、これぱっかりは実際に夏になってみないとわからないのですが、冷夏だといいなと思いつつ、それだと農作物に影響が出て、スイカが高値になったりするんだろうかと心配してもおります。夏が大嫌いといっても、なんだかんだいちばん好きなフルーツはスイカ。そんな矛盾にメスが入るかもしれない二〇一三年……ドキドキ。って馬鹿かと今思いました……。

さて、ゆるキャラ好きの私、これまで単に趣味や好みにまかせて〇〇が好き～とか言ってきましたが、いいかげん大人になってもいい頃合いなのではと思ったわけです。

具体的には、文字通り大人の事情で押しキャラを作るべきなのではってことです。笑。

そんな薄汚れた思惑により、今年はうなりくんを押していこうと思います。

うなりくんって何……ええ、私もちょっとよくわからないのですが、千葉の名刹、成田山……に行くと売ってるらしい、瓜のおつけもの。それが、うなりくん。じゃなくて、うなりくんの由来。瓜を使ったてっぽう漬けが成田の名物なのです。

というわけで、ベースは瓜。どういじったところで、茫洋としたキャラクターになるしかないのですが、ゆるキャラってだいたいが丸いですよね。うなりくん、丸いです。そして、愛らしさをアピールするつぶらな瞳。もちろん、黒目百パーセント。

けっこう、万人に愛されるキャラなんじゃないかと思います（えらそう）。

千葉、いやC葉に多大な経済効果がもたらされますよう、うなりくん、うなりくんをどうぞよろしく〜〜。

それとは関係なく、今回のイラストは、鈴倉温さんです。他作家様の本で拝見し、憧れていたので、描いていただけて嬉しいです。担当S本様とともに、足を向けて寝られません。S倉様（そこをなぜ伏せる）、S本様、幻冬舎コミックスのスタッフの皆様、どうもありがとうございました。

お読み下さった方、どのように感じられたでしょうか。ご感想などありましたら、お教え願えるとありがたいです。

新しい年が、皆様にとって素晴らしいものになりますよう。

✦初出　囚われの狼と初恋の鎖……………書き下ろし
狼は迷わない………………………書き下ろし

榊花月先生、鈴倉温先生へのお便り、本作品に関するご意見、ご感想などは
〒151-0051 東京都渋谷区千駄ヶ谷 4-9-7
幻冬舎コミックス　ルチル文庫「囚われの狼と初恋の鎖」係まで。

幻冬舎ルチル文庫

囚われの狼と初恋の鎖

2013年2月20日　第1刷発行

✦著者　榊　花月　さかき かづき

✦発行人　伊藤嘉彦

✦発行元　株式会社 幻冬舎コミックス
〒151-0051 東京都渋谷区千駄ヶ谷 4-9-7
電話 03(5411)6432［編集］

✦発売元　株式会社 幻冬舎
〒151-0051 東京都渋谷区千駄ヶ谷 4-9-7
電話 03(5411)6222［営業］
振替 00120-8-767643

✦印刷・製本所　中央精版印刷株式会社

✦検印廃止

ISBN978-4-344-82759-2　C0193　Printed in Japan